日本初の女流脚本家
少女小説作家

水島あやめの生涯

因幡　純雄　著

執筆中（水島あやめ自身の書き込み）

▲ 矢口町下丸子の自宅で（昭5）

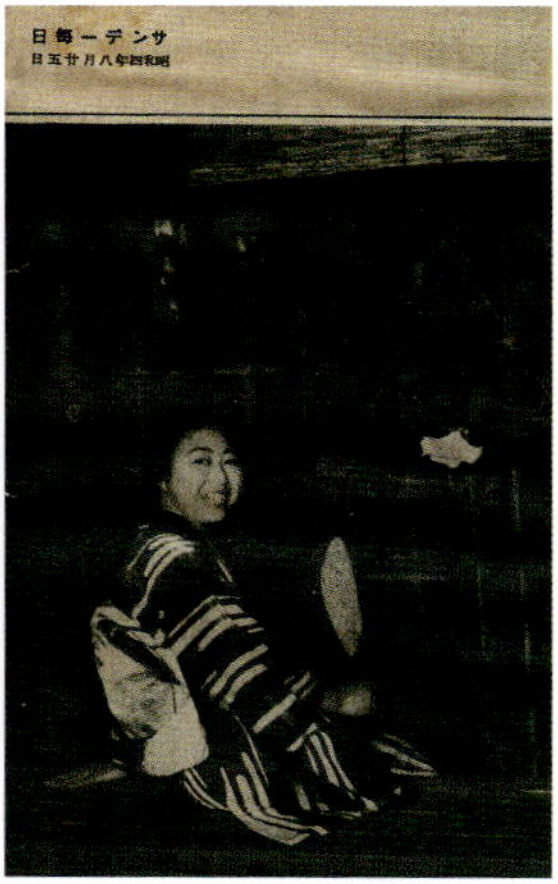

「サンデー毎日」掲載の
グラビア（昭４）▲

▲ 映画「明け行く空」スタッフと（昭３）右から3人目が水島あやめ、6人目が主演の高尾光子、7人目が当初監督予定だった大久保忠素

▲ 映画「明け行く空」
生誕百周年記念上映会
（平15）　弁士・佐々
木亜希子、協力・マツ
ダ映画社

▲ 映画「明け行く空」

◀ 映画「明け行く空」

▲「サンデー毎日」に「わが映画界の新しい職業　女流脚色家の話」を掲載（大15）

▲ 日本女子大学4年、「少女倶楽部」にペンネーム・水島あやめで掲載。はじめて原稿料をもらった作品（大13）

▲ 日本女子大学3年の時、「面白倶楽部」の懸賞で当選。ペンネーム・高瀬千鳥（大12）

▲ 吉屋信子と「空の彼方へ」撮影現場で（文芸春秋社「映画時代」、昭3）
前列　右から結城一郎、水島あやめ、高尾光子、蔦見丈夫監督
後列　右から川田芳子、吉屋信子、ひとりおいて柳さく子

小さき明星
花の友情
あこがれの星
秋草の道
嘆きの子鳩
涙の円舞曲
忘れじの丘
野菊の唄
アルプスの少女
小公女
家なき娘
母への花束
水島あやめ
乙女椿
水島あやめ
少女小説
嘆きの花嫁人形
水島あやめ
久遠の夢
水島あやめ
あこがれの星
水島あやめ
友情の小径
白菊散りぬ
水島あやめ
少女小説
秋風の曲
水島あやめ
古城の夢
水島あやめ

▲ 著書

花の友情
水島あやめ
あこがれの星
水島あやめ
野菊の唄
水島あやめ
嘆きの子鳩
水島あやめ
久遠の夢
水島あやめ
少女小説
嘆きの花嫁人形
水島あやめ
古城の夢

▲ 著書

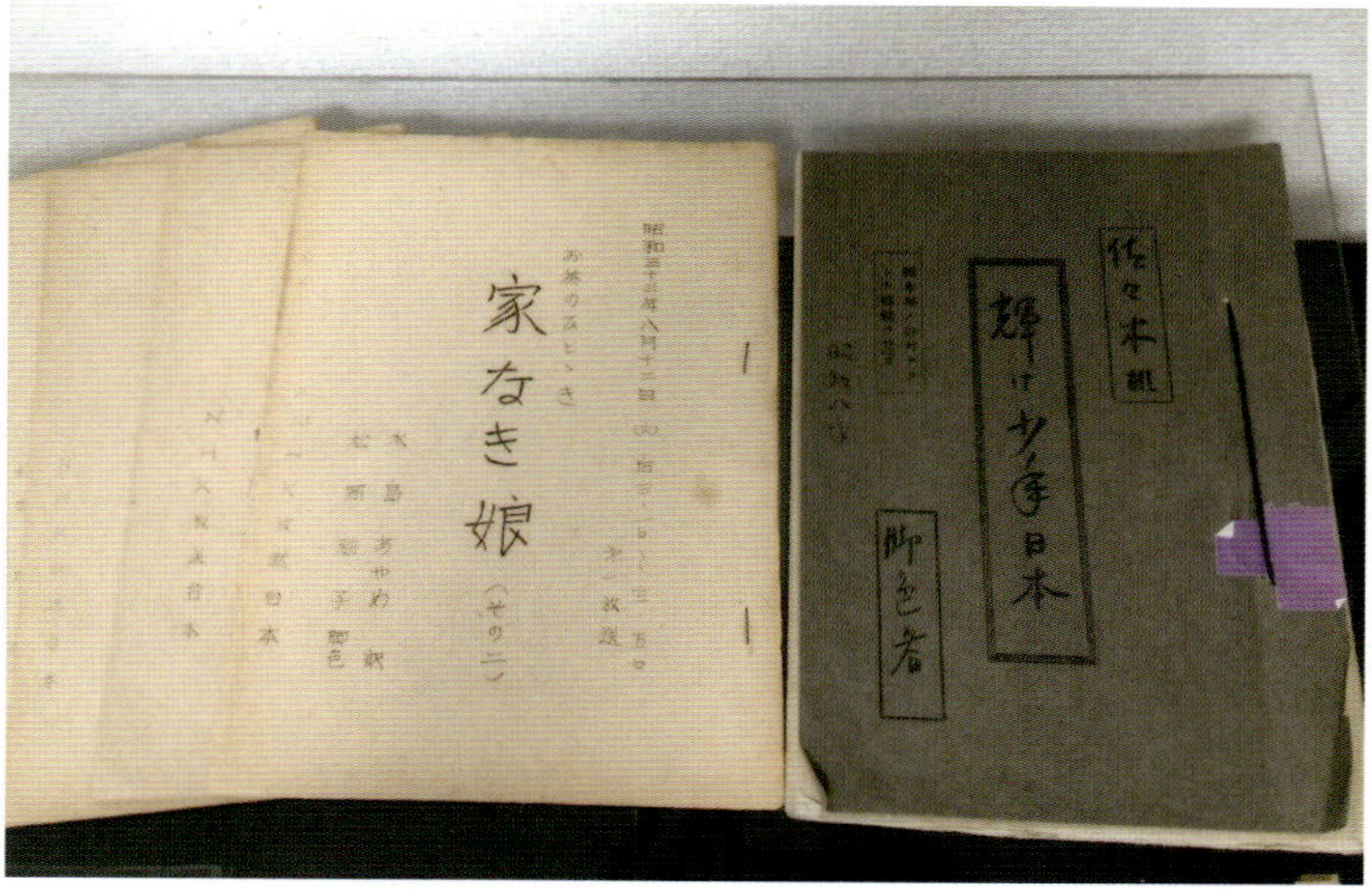

▲ 右・映画「輝け少年日本」の撮影台本　左・NHKラジオドラマ「家なき娘」の放送台本

▲「少女倶楽部」の付録本「小公女」発行に際して蕗谷虹児との対談（講談社貴賓室にて　昭11）

▲ 肖像写真（昭６頃）

写真協力・高野恵美子

目次

五、あこがれの女流脚本家・水島あやめの青春　…73

～東洋のハリウッド・松竹蒲田撮影所から全国のファンへ～

さし絵・阿見みどり

一、水島あやめ、最期の日

肖像写真（昭9）

手紙「お骨をとりに来たお人におわたしください」

平成二（一九九〇）年十二月三十一日、大晦日。

千葉県柏市郊外にある有料老人ホームで、一人の老女が息を引き取った。

水島あやめ。本名、高野千年《ちとせ》。享年八十七歳。死因は老衰。苦しむこともなく、静かな最期であった。

水島は、大正末期から昭和三十年代まで、脚本家と小説家として活躍した女性である。

葬儀は、年があけた平成三年一月五日に、同ホームのホールで営まれた。ホームの関係者や入居者のほかに、生前に交流のあった人々が参列した。ひとり身で子どものない老女の葬儀としては、たくさんの参列者であった。

参列者のなかに、水島の出身地である新潟県六日町からきた高野典夫、恵美子夫妻の姿もあった。ふたりは、水島の母方の従妹である高野キミの息子夫婦である。水島とキミは幼少時代から姉妹のように仲が良く、生涯にわたって深い絆で結ばれていた。母方の家を継ぐこの高野家は、肉親のない水島にとって、もっとも近しい親族であった。キミは自分が高齢（八十四歳）であることから、息子夫婦を自分にかわって葬儀に参列させたのであった。ちなみに、水島あやめの高野家と従妹キミの高野家とは、たまたまの同姓にすぎない。

亡骸と対面をすませた高野夫妻は、水島の終のすみかとなった部屋に案内された。ちいさな台所がついただけの六畳の間は、生活に必要な最小限のものしかなかった。そして、古い落ち着いた家具や調度品でまとめられた部屋のようすに、恵美子は「明治の匂いがした」という。

部屋は、生前の水島の手できれいに片づけられており、片隅に「旅の支度」と書かれた行李があった。押入れには、いくつかの箱や風呂敷包みがあって、それぞれに形見分けをする人の名前が貼られていた。二、三年前から体力が衰え、死期の近づいたことを感じた水島は、従妹キミのもとに永代供養の問い合わせや葬儀の段取り、そして納骨の手配にいたるまで、手紙で何度も打ち合わせをしてきた。人生の仕舞い方に想いを致して、死後の準備をはじめていたのである。

最晩年の水島は、強い偏頭痛とめまい、そして時おり襲うはげしい動悸などで病床に臥すことがおおくなって、ホームの医師の往診を受けていた。しかし、体力の限界が近づくと、「どうせよくならないのだから」といって、その往診を断るようになった。水島は近づく死を受け入れ、淡々とした心境だったようである。

高野夫妻は、ホームの職員から一通の封筒をわたされた。「新潟県六日町　和泉や様」と表書きされたその横に、「お骨をとりに来たお人におわたしください」と付記されていた。「和泉や」とは、高野キミ一家がいとなむ店の屋号（和泉屋）である。

封筒のなかをたしかめると、便箋に、つぎのようにしたためられていた。

「長い間、いろいろとお世話になりました。納骨のことで、又、お忙しい中を、お手数かけますが、よろしくお願いいたします。／お寺さんの方にも、手紙で申しておきましたが、納骨の時は、儀式めいたことは何もいりません。ちょっとお経をあげて頂くだけにして下さい。…香典や供物は、いっさい不要と、私の遺言だからと、固く、おことわりしてください。…／死ぬ前に、もう一度、ふるさとへ、お別れに行きたいと思いましたが、とうとう実現出来ませんでした。／しかし、死後は、必らず、あのなつかしい、ふるさとへ、金城山のふもとへ、行きます。それを、たのしみにしています。／それでは皆さま、どうぞお体に気をつけて、いつまでも健康で、お幸せに、くらしていかれるよう、祈ります。／では、さようなら」。

自らの死を冷静に見つめ、周囲の人びとへの気遣いと気配りが尽くされていた。文筆家らしく、八十歳代後半としては、しっかりした筆跡で、気丈な水島の人柄が偲ばれる手紙であった。

封筒には、生家である高野家の菩提寺雲洞庵で、かつて住職を務めていた新井石禅和尚からつけてもらった戒名「文月院穆真雅璋大姉《ぶんげついんぼくしんがしょうだいし》」も同封されていた。また、通帳や印鑑などの所在や形見分けの先なども、きちんと記されていた。

体力が衰えるとみずから身辺を整理し、周囲の人びとへの配慮も尽くして、周到に最期の準備をする。そして死期を悟ると医師の往診を断り、みずからしずかに死地におもむく。水島あやめは、みずからの生と死を客観的にみつめて、淡々と生涯をまっとうした人である。

最晩年の水島の写真は、凛とした女武士のような、修行を積んだ尼僧のような居住まいである。

水島あやめの業績とみっつの夢

水島あやめ（一九〇三〜一九九〇）は、さまざまな事典に「脚本家」と「小説家」のふたつの肩書で紹介されている。

大正末期から昭和初期にかけては、わが国での最初の女性脚本家として、サイレント映画の黄金期に活躍した。

日本女子大学四年のときに小笠原映画研究所で脚本家デビューし、大学を卒業後、松竹キネマ蒲田撮影所の脚本部に入社。生涯で三十二本（小笠原プロ二本、特作映画社一本、松竹蒲田二十八本、電通活動写真部一本）の原作または脚本が映画化、公開された。代表作には、国民的話題となった「水兵の母」のほか、「母よ恋し」「いとしの我子」「明け行く空」「空の彼方へ」などがある。母性愛にみちた「母もの」や、けなげに生きる少女を主人公とする「少女もの」など、いわゆる「お涙頂戴」ものを得意とし、松竹蒲田脚本部でただひとりの女性脚本家として「女性映画」という人気路線の一翼をになった。

映画脚本の道に進むことになった動機は、「よき児童映画」を作りたいということであった。昭和のはじめころから映画による児童教育の関心がたかまり、水島の作品はたびたび鑑賞会や合評会の素材になって雑誌等に紹介されるものの、会社の製作方針や世相の変化などから、みずからが思う映画として実現することはできなかった。

昭和十年に松竹蒲田を退職すると、少女時代からの夢だった小説家の道へ転じる。

生涯に二〇〇作以上を執筆するほどの多作の作家で、少女小説のほかに少年小説、幼年むけの童話、おとなにも読みごたえのある歴史上の人物の伝記もの、海外名作の翻訳など幅広く作品を残している。

戦前は「少女倶楽部」「少年倶楽部」などの雑誌に、少年小説、少女小説、家庭小説などを発表。ほかに「小公子」「小公女」「家なき子」「家なき娘」などの海外名作の翻訳や、歴史上の女性の生涯を紹介する「名婦物語」なども発表した。また「講談社の絵本」には三十編以上の童話や読み物を、子どもたちのために書いている。そして、昭和十五年に「友情の小径」、翌十六年に「櫻咲く日」、さらに戦況が悪化した昭和十八年にも「美しき道」という少女小説を刊行した。

東京大空襲を機に、母サキとともに故郷の新潟県六日町に疎開すると、戦後の出版ブームによって、講談社、偕成社、ポプラ社などから、水島のもとに原稿依頼が殺到。およそ三十冊の少女小説や海外名作の翻訳本が刊行される。また「幼年クラブ」「少女の友」「少女サロン」「少女ブック」などからも執筆依頼がきている。

作風は、友情、思いやり、家族愛を抒情的に描いたものが多く、全国の少女たちに愛読される人気小説家として活躍した。

昭和三十年に、年老いて体力の衰えた母サキを気づかい、気候のおだやかな湘南の片瀬海岸に移り住む。昭和三十三年、三十年あまり介護をつづけてきた母が亡くなり、ペンを置く。

そして、昭和四十七年に、回想録「金城山のふもとで―私のわらべうた―」をまとめ、明治末期から大正期における生まれそだった雪国の自然、風土、風習を、四季をつうじて描いた。晩年は、故郷新潟の地方紙からの求めに応じて随筆などを数多く発表した。

水島あやめは、生涯の夢をはっきりといだいていた。

「小説家になること」

「経済的に自立すること」

「母を生涯護りとおすこと」

このみっつの夢は、少女時代から高等女学校時代をへて、日本女子大学在学中に関東大震災を罹災する過程で、こころの深くに定着していった。

水島は、十年間の松竹蒲田での脚本家生活をへたのちに、小説家としても全国的に活躍したことで、ひとつめとふたつめの夢を実現した。そして、昭和三十三年に母を見送ったことで、みっつめの夢もまた、実現している。

ひとりの人間がいだく夢や目標は、生まれそだった環境や出会った人々、移りゆく時代背景のなかで形づくられていく。そして、その夢や目標を実現していくにもまた、生まれそだった環境や出会った人びとそして時代背景に、ときには導かれ後押しされ、ときにはたたかい克服しながら達成していくことになる。それは水島あやめの場合も、おなじであった。しかしながら、なによりも初心を貫きとおすつよい信念を持ちつづけることが大切であることはいうまでもない。

それでは、水島あやめとは、どのような生涯を送った女性なのだろうか。

一、水島あやめ、最期の日

二、雪深い山里に生まれそだって

父と母、そして異母兄

明治三十六年七月十七日、高野千年（のちの水島あやめ）は新潟県南魚沼郡三和村大月（現在の南魚沼市大月）で父団之助と母サキの一人娘として生まれた。日清戦争（一八九四〜九五）からおよそ十年がたち、日露戦争（一九〇四〜〇五）が勃発する前年であった。

三和村は群馬県との県境の越後山脈のふもとに位置し、冬は積雪が三メートルにもなる山あいの寒村である。大月集落は三方を山に囲まれ、集落の中央を流れくだる山王川によってつくられた勾配の急な扇状地にあった。

大月小学校入学時
（明43）

水島あやめ（4歳）

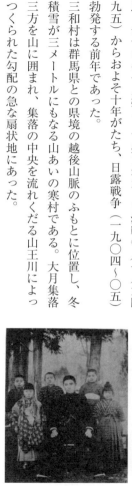

高野家は、そんな大月集落のいちばん上流に居を構えていた。この地方特有の中門造りという曲り家で、旧家の一軒であり、広い田畑と森林をもった資産家であった。来客をもてなす座敷と日常の暮らしをいとむ中間《なかま》のあいだには、駕籠がそのままはいることのできる乗物通しがあり、そのむかし大月城に登る殿さまや高僧などが、この家の座敷で休憩したという。

千年が生まれたとき、父団之助は村長を務めていた。南宋画、茶道、生け花、俳句、和歌などさまざまな道をきわめた芸術家で、力庵隆雅という雅号で活躍。生け花では古流会長の植松伯爵の代理で宮中に奉公したこともある。また全国を行脚しながら、太宰府神宮司の依頼でのぼりを揮毫したり、名古屋滞在中には、当時の名古屋放送局（ラジオ）からの依頼で趣味の講座を担当している。そして晩年には帝国絵画会会員に推薦され、その画才は全国的に知られた人物であった。また、壮年期には自宅で寺子屋をひらくなど教育にも理解がふかかった。

母サキは、隣町の六日町で和泉屋という店をいとなむ目黒家から嫁いできた。本や雑誌なども売っており、この地方の町村に、全国、全世界からの情報や物語をつたえる重要な役割をはたしてきた裕福な家柄であった。

団之助が六日町で生け花を教えていたとき、生徒のひとりとしてかよっていたのが目黒サキであった。明治三十五年五月、サキは大月集落の高野家に嫁としてはいる。そして、翌年夏に千年が生まれた。父団之助四十歳、母サキ二十六歳のときであった。

しかし、十四歳はなれたこのふたりの結婚には複雑な事情がからんでいた。サキは団之助にとって三番目の妻だったのである。高野家には、病で死んだ一番目の妻の産んだふたりの息子がおり、さらに数軒はなれた別宅には、サキが家にはいったことで出された二番目の妻とその幼い子（一男一女）が暮らしていた。サキの輿入れは、先妻やその子らにとって、かならずしも歓迎できるものではなかった。

サキは「六日町小町」といわれるほど美しい人だったが、自分の意志をとおす気性の強い女性であった。サキはひとり娘の千年を溺愛し、先妻の子らを継子あつかいにした。食事もサキと千年は上座にすわり、先妻の子らを作男やばあやといっしょに下座にすわらせて、献立も使用人らとおなじにした。先妻の子らは、すでに十代半ばになっており多感な時期をむかえていた。しかも芸術活動で全国行脚をくりかえす団之助は、田畑仕事はもちろん、家のことはいっさいをこのふたりの息子にまかせきりにしていた。サキと先妻の子らとは十歳ほどしか年の差はなく、彼らのあいだにはいさかいが絶えなかった。

ものごころつくころから、母と異母兄らとのいざこざが日々くりかえされる家庭で、年齢もはなれ母とも折り合いがわるい異母兄らと馴染むはずもなく、千年は孤独を愛する少女にそだっていく。経済的にはゆたかであっても複雑な家庭の環境は、千年の人生におおきな影響をあたえた。

いじめられつづけた小学校の六年間

千年は感受性と空想力にあふれた少女で、ひとり遊びが好きな子どもであった。本や雑誌を読み、野山で草花を摘んだりして遊んだ。村のなかに仲のいい友だちがいなかったからである。そんな千年にとって、本はなによりの友だちで、六歳の春にはカタカナが読めるようになり、七歳のころにひらがなを覚えると、たいていの絵本やおとぎ話は読みこなしていた。

また手帳のようなものをみつけると、なんでも書きつけては遊んでいた。

初雪や人足猫足犬の足

六歳のときに詠んだ句である。

おとぎ話で空想するちからをやしなわれた少女は、生家のすぐ前にそびえる金城山が、ちょうど坐って両手をひろげ、その右腕で自分たちの暮らす村をやさしく抱いているようにみえて大好きだった。山の名前は「金城山」だと教えられると、「金のお城」がある山なのかとおどろいたり、むかし金の石が掘り出されたからそう名づけられ、いまも大きな横穴があって「金城山の風穴」と呼ばれているときくと、家の裏山にある横穴よりずっとずっと大きいんだろうなぁ、どんな穴なんだろう、誰か住んでいるんじゃないかなぁ、どんな人だろう、などとムクムクと好奇心がふくれあがったりするような子どもであった。

生家の裏手には幅三十センチほどの小川が流れている。山すそから流れでるせせらぎで、冬は家のまわりの積雪をとかすために重宝され、春から秋にかけては畑に水を引くために使われていた。小川のほとりには、春はフキノトウやツクシ、タンポポなど、秋には野菊などが咲いた。千年はそれらに語りかけ、摘んでママゴトをして遊んだ。母の好きな花をみつけると摘んで帰り、花瓶にさしてかざっておく。それを見つけた母がよろこぶ姿をみると、少女は自分も同じくらいうれしい気持ちになるのであった。

明治四十三（一九一〇）年四月三日、千年は集落のなかにある大月尋常小学校に入学する。上天気ではなかったが、おだやかな日であった。

首をながくして入った小学校の生活は、しかし、千年にとってけっして愉快でたのしいものではなかった。

千年にたいするイジメは、入学して間もなくはじまった。千年は入学生のなかでたったひとり立派な着物で身をつつみ、おさげ髪だったことから男子生徒にからかわれた。

そのころ村からは、たくさんの少女が関東の紡糸紡績工場に女工に出されていた。大正十四年の新潟県の統計によると、県外に女工として出稼ぎに行った人数は七万人を超えて、全国一位であった。女工に出されたのは、十二、三歳の娘たちで、山村部では、出稼ぎ女工たちの仕送りが、村の収入の一割を超える村さえあった。きれいにまとめられたおさげ髪と立派な着物は、女工にならなくてよい、ゆたかな暮らしのあかしであり、それだけでからかいやイジメの理由になった。そこには、子どもながらのねたみや嫉妬があったのかもしれない。

イジメは学年が進むにつれて悪質になっていった。授業中以外は、いつどこから石が飛んでくるか、棒が降ってくるか、あるいは突き飛ばされるか知れなかった。イジメはさらにエスカレートしていき、何かにつけて「威張っている」といわれ、教科書や通信簿を引き裂かれたり、炭火が赤々と燃えている大火鉢のうえに突き倒されそうになったり、いつも戦々恐々として、こころの安まるときはなかった。

しかし、意地っ張りの千年は、どんなことをされても、けっして泣かなかった。そして親や先生にも言いつけず、ただじっと、その男子生徒を見つめていた。それが彼らをいらだたせ、さらにイジメを受けることになった。

たとえイジメられても、本や雑誌をつうじて見たこともない世界を想像したり、登場人物に語りかけたり心をかよわせたりしながら日々を送っていれば淋しくなかった。空想することをたのしみ、野の草花や山々に語りかけながら、千年はまっすぐなこころの持ち主の少女にそだっていった。

イジメられとおしの六年間だったが、千年は「精励勉学にして品行方正学術優等」によって模範賞を授与され、小学校を卒業する。

本と物語のなかに広がる世界

小学校時代の千年は、本好きどころか「本の虫」になり、まわりにあるものは手当たりしだいに読むようになっていた。

少女がはじめて自分で読んだ絵本は、「金の斧」という話であった。物語の筋も、金の斧をもった神さまや川岸に平伏する少年の姿も、いくつになっても鮮明に思い出すほど、くりかえしくりかえし読んだ。

小学一年には絵本やおとぎ話を卒業し、父が毎月とってくれた「幼年の友」も読むようになった。そんなとき、誰かからもらった一冊の「少女の友」が、少女千年の読書の世界をおおきく広げた。

「少女の友」にはじまった読書熱は、学年が上がるにつれて、どんどんたかまり広がっていった。「八犬伝」と「赤穂義士伝」は、このころに読んだ本のなかで一番おもしろかった。「真田十勇士」「塚原卜伝」「岩見重太郎」「荒木又衛門」など、「立川文庫」も、つぎつぎに読みあさった。本を売っている母サキの実家の和泉屋は、少女の読書欲を満たす涸れることのない泉であった。

海外の名作は、少女千年のこころにあたらしい感動をあたえた。「小公子」や「小公女」（以上、バーネット原作）、「ああ無情」（ユゴー原作）などは、おとぎ話や講談話や冒険談とちがって、ずっとふかく少女の胸を打ってひびいた。

千年の少女時代には、実業之日本社が「日本少年」（一九〇六）と「少女の友」（一九〇八）を創刊し、婦人画報社が「少女画報」（一九一二）を、大日本雄弁会が「少年倶楽部」（一九一四）を、子ども向けの雑誌として発行した。また、海外の名作もつぎつぎと翻訳されて、日本の子どもたちに紹介された。千年がうまれる以前に、すでに「八十日間世界一周」（ヴェルヌ原作、川島忠之助訳、一八七八）、「二万里海底旅行」（ヴェルヌ原作、鈴木梅太郎訳、一八八〇）、「小公子」（バーネット原作、若松賤子訳、一八九〇）、「セイラ・クルーの話」（ディケンズ原作、若松賤子訳、一八九三）などが出版されたり雑誌に掲載されていたし、一九〇〇年代になって、「小公女」

（バーネット原作、藤井白雲子訳、一九一〇）、「家なき児」（マロー原作、菊池幽芳訳、一九一二）など、多くの海外の作品が紹介され、子どもたちの読書環境はおおきく広がっていた。

千年の小学校時代は、イジメられつづけられたつらい六年間だったが、それでもこころが折れ曲がることなく成長できたのは、たくさんの物語を読んでいたからである。「小公子」や「小公女」の主人公になぐさめられ、そして明日からも頑張っていこうと励まされたのであった。

「立派な小説家」になりたい

小学校の学年が上がるにつれて、ただ読んでいるだけではあきたらなくなり、なにかを書くということにあこがれをもつようになった。もちろん小学生のことだから、読んだものの物まねを書きつづるくらいのものだったが、それでも町からたくさんのノートを買い込んだり、半紙をつづって冊子のようなものを作ったりしては、いろいろなことを書きつけて、ひとりでよろこんでいた。「十一、十二となると、子供心もいろいろと複雑になって、それを誰と話し合う機会も持たぬ私は、自分の思いを、ひそかにノートに書きつけることを、何よりもたのしみにするようになった」（「思ひ出の短歌」）と書き残している。

小学校を卒業して、一年間隣町六日町の高等科にかよっていたころ、ある小説との出会いが、千年の夢をさらにふくらませた。「少女画報」という雑誌に、吉屋信子の「花物語」の第一話「鈴蘭」が掲載されたのである。

その流麗な文章に魅入られた千年は、暗誦するほど読みかえした。千年がもっとも好んだ物語は「野菊」であった。その感激は、つよくするどく千年のこころに残り、うるおした。

やがて小学校の高学年になると、小説のようなものも書くようになる。そのころの千年は、いろんな雑誌に投稿していた。「それが又いつでも、入選するので、自分では、もう立派な小説家になれるつもりで、毎日毎日、その事ばかり空想していたものです」と述懐している。そして、おおきくなったら、吉屋信子のような小説家になりたいと思うようになる。

このころに千年が作った短歌も、数首記録されている。

十一歳の晩春に、

散る花に名ごりはよしやつきずとも
　また来る春を待ちて別れん

さらに十三歳のときに作った歌は、

兎にと幼き子らのつみて来し
　野ぜりの花のほの白きかな

これを、ある少女雑誌に投書すると一等になった。

三、高等女学校での四年間の寄宿舎生活

高女時代

生涯の友との出会い

六日町の高等科に一年間かよったのち、千年は、新潟県のほぼ中央にある長岡市の県立高等女学校に入学した。入学するために、大月の家からおよそ四キロさきの魚野川沿いの六日町まで人力車で出て、そこからは川舟にのって、長岡までの六〇キロあまりを一日かけてくだった。

入学式は大正六（一九一七）年四月四日であった。

髪はひっつめのグルグル巻き、木綿の筒袖に、裾にホワイトツーラインの木綿の袴。これが長岡高等女学校の制服姿であった。

学生の数は、一学年がおよそ一〇〇名、四学年の全校でおよそ四〇〇名。そのうち三分の一ほどが寄宿生で、十八畳の部屋に十人ずつ、それぞれの部屋に各学年の生徒がわけられた。それによって長幼の序をやしなうことを目的にしていたのである。

家庭環境が複雑だったために、母のふところ子としてそだった千年にとって、はじめての共同生活は心細く、ただただ家が恋しく、夕方になると空をながめて涙ぐむこともすくなくなかった。この頃に千年がつくった短歌も数首記録にのこっている。一、二年のときの歌はホームシック感にみちている。

　ふるさとの野にもありしとつくしんぼ
　　しみじみ見つめ涙ながしぬ
ふるさとの空やいずことながむれば
　ただ淋しくも雲のただよう
母さまと大声あげてさけびたし
　　木の葉散りしく淋しき夕は

それでも、一年、二年とたつうちに寄宿舎生活になれていき、女学校生活がたのしくなっていった。

「国語好き」の「文学少女」であった千年は、国語のうちでも作文の成績は秀でており、また読書の量は寮生のなかでも飛び抜けていた。二年のとき、作文の時間に「私の好きな花」という題で宿題が出された。千年は子どものころから好きだった野菊について書いて提出すると、「たいへんよくできている」と、先生がつぎの時間にクラスメートに読んできかせた。

寄宿舎では、小説を読むことは厳禁、月極めの雑誌は一冊かぎりという規則だった。この小説禁止の規則は、ちいさいころから人一倍本好きの文学少女だった千年にはつらいことだった。このころには少女雑誌はすでに卒業して「文章倶楽部」をとっていた。芥川龍之介や松岡譲が文壇に登場したころで夢中になって読み、また彼らの角帽姿をみて、大学についての関心も高くなっていた。いくら小説禁止という規則があっても、文学へのあこがれと興味は抑えきれなかった。だから、たまに両親が長岡に出てきたときなど何冊も本を買ってもらい、寄宿舎にもどって読みふけっていた。そんな千年の読書好きに、舎監の先生たちもあきれて見て見ぬふりをしてくれた。

四年生のある日、千年は同室のみんなと「金色夜叉」談義をしていると舎監の先生が音もなく部屋に入ってきて、「面白そうですね、何の本ですか」と問われて胆を冷やした。おそるおそる本を差し出すと、「ああ『金色夜叉』ですか。これは面白いですね。殊に塩原のあたりの景色がとてもよく描けていますね」といわれて、ほっと胸をなでおろしたりしたこともあった。

このように千年は寄宿舎規則を破っても、なんとなく許されたのは、彼女の成績が良かったことと無関係ではなかった。全教科の平均点が九十点を超え、国語だけでなく、すべての教科で優秀だったのである。

三年、四年と上級になると寄宿舎生活にはすっかりなれて、勉強にも面白さを感じるようになっていった。そして、さまざまな思いがこころの中をめぐるようになり、人生問題についても考えるようになる。

朝となく夕べとなく、ひまさえあれば、校庭に出て、アカシアの木かげにたたずみ、芝生のうえに寝ころんで、人生とは何であろう、人は何ゆえに生きるのであろう、などと思いふけることがおおくなった。それにつれて、ノートに書きつけられた短歌も、心のあせりや葛藤などを吐露したものがふえていく。

何ものか求めあせりて何ものも
　得ざる心の淡きかなしみ
何ゆえに我は生くるや何ゆえに
　人は生くるやなどと悩みし

同級生のなかには、卒業すればすぐに結婚して家庭にはいることがきまっている者も少なくなかった。いっぽう、読書が好きで、雑誌や本をつうじてひろい知識や自分をとりまく現実とは異なる世界をしった千年は、卒業後の進路や生涯の目標について、ふかく悩むようになった。悩みのひとつには、異母兄らとの確執が絶えない母と、これからどう生きていくかという重たい課題もあった。

そんな悩みおおき女学校生活のなかで、千年は生涯の友と出会う。新田芳江である。

ふたりは高等女学校に入学してすぐに仲よしになった。寄宿舎の運動時間にどちらからともなく庭で落ちあって、そのまま時間の終わりまでとりとめのない話をしながら校舎の周囲を歩き廻ったり、近くを流れる栖吉川のほとりを散策したり、新校舎の近くの桜の木のしたにひろがるクローバーの絨毯にすわっておしゃべりをしたりした。四つ葉をさがすこともあった。当時は女学生同士の親密な関係を「エス（S）」と呼んでいたが、千年と芳江との関係は、それに近かったのかもしれない。

戦後になって千年はたくさんの少女小説を書いたが、長岡高等女学校時代の芳江との思い出をベースとしていると思われるものがすくなくない。それほど芳江との親交は、女学校時代をゆたかなものにした。

十四歳から十八歳までという多感な年ごろをすごした長岡高等女学校の四年間は、忘れられない思い出深い歳月として、千年の記憶に刻まれ、人生の糧となっていく。

新井石禅和尚からの手紙

ときは、千年が十四歳、長岡高等女学校に入学したときにさかのぼる。

その年（大正六年）の四月二十三日の消印で、寄宿舎の千年宛に一通の封書が届いた。差出人は「丹波天田郡曾我井　圓浄道場　最乗禅」となっていた。「最乗禅」とは、いまの神奈川県足柄市にある曹洞宗の古刹大雄山最乗寺の禅師新井石禅のことである。最乗寺の禅師ということで「最乗禅」と名乗っていた。その石禅が、旅先の丹波の道場（現在の京都府福知山市堀）から、わざわざ長岡の高等女学校の寄宿舎宛に手紙を送ってきたのである。

「春暖の候益々御健やかに御成人殊に今回は長岡高等女学校へ御入学なにより芽出度き事にて喜悦これに過ぎます」と、成人と入学を祝う言葉ではじまるこの手紙の後半には、つぎのようにしたためられていた。

「扨《さ》て御身さまは御両親の間に唯だ御一人の御子にて家宝にとりて懸け替のなき貴き身に

てあられます今後はあさゆふに心を用いて健康を第一にし且つ女性として他の模範となるべく品行礼儀勉学に御はげみ被下度候御身の家柄として御郷里に賜りては地方婦人を誘導すべき位置に立つことを免れざれば家のため国のため大に自重せらるべくすべて女性には柔和の□堪忍の性慈愛と優美の徳こそ最も大切に有之候間呉れぐれも御油断なく御勉強の程偏へに頼みあげ候」（□は判読不能）。

大正期にはまだ、「元服」が現代の「成人」を意味していたとはいえ、わずか十四歳の少女に勉学を奨励するにとどまらず、女性としての心得や振舞いに至るまで諭し、さらには家、地方、国家に役立つ女性となるよう期待する手紙であった。

千年は、この石禅の訓えを理解し、しっかりと受け止める。そして、この手紙を生涯大切に手もとにおき、折にふれて読み返すのであった。

ところで、新井石禅とはいかなる人物なのだろうか。そして石禅と千年とは、どのような経緯でかかわりを持つようになったのだろうか。

新井石禅（一八六四〜一九二七）は曹洞宗の僧侶である。曹洞宗大学林（現在の駒沢大学）を三年で卒業した開学以来の天才で、同大学林の教授などを歴任したのち、埼玉、新潟の諸寺を転住。その後福井の永平寺に移ると副監院、教学部長、人事部長を歴任。大正十年に大本山鶴見総持寺の貫主として入山して、曹洞宗第十一代官長となった。すなわち曹洞宗のトップになったのである。さらに日本全国を巡教したばかりでなく、台湾、朝鮮半島、満州など海外布教にも情熱をそそぎ、晩年にはハワイとアメリカ本土に渡って、当時のハーディング大統領と会見するなど、明治、大正から昭和の初頭にかけて曹洞宗を代表する高僧であった。大正十三年に光華女学校（現在の鶴見大学付属高等学校）を設立し、女子の高等教育にも深い理解をもって携わった。

新井石禅は、明治三十四（一九〇一）年から新潟県南魚沼郡上田村の雲洞庵で住職を務めた。上田村というのは、千年が生まれそだった三和村の隣村で、雲洞庵と千年の生家の高野家とはあるいても二十分とかからないほど近かった。しかも高野家の菩提寺は、この雲洞庵であった。石禅は、千年が生まれる二年前に雲洞庵に転住してきた。このとき石禅は三十七歳。いっぽう千年の父団之助は三十八歳。いずれも心身ともに充実した壮年期であった。東京の大学林で仏教の真髄を修得し、当時仏教に対して熱心ではなかった南魚沼の地で信仰の再興に情熱をもやす僧と、山あいの寒村に生まれそだち、技芸を極めようと全国を行脚している芸術家という、高い志と広い知見をもつふたりの壮年のまじわりは、菩提寺の住職とひとりの檀家信徒という関係にとどまらなかった。たがいに刺激を与えあい、また受けあった。

こうしたふたりの出会いから二年後の明治三十六年七月、千年が誕生する。そして、石禅と団之助が出会う二年前、明治三十二（一八九九）年に高等女学校令が施行され、男子の旧制中学校に対応したかたちで女子の高等教育がはじまっていた。

この手紙の半年ほど前のこと。大正五年十月、六日町の高等科にかよっていた千年が、石禅から「絡子」をさずけられている。絡子とは、禅僧が用いる略式の袈裟である。絡子の裏面には、石禅の手で「穆真雅璋尼沙彌」とあって「高野千年持拝」と墨書されている。絡子をさずかったということは得度したということであろうか。もしそうだとすれば、少女時代の千年は、石禅から禅の教義や作法をまなんでいたことになる。「穆真雅璋尼沙彌」は、千年が八十七歳で永眠したときの戒名「文月院穆真雅璋大姉」になっている。

石禅は千年を愛弟子のごとくに、ひとしお心にかけていた。千年は、それほどまでに優秀で、将来を嘱望される少女であった。

東京女子高等師範学校ではなく日本女子大学へ

人生に悩み、これからの進路についてふかく考える千年は、高等女学校の最高学年になった。すべての教科で成績が優秀な千年には、さらに上の教育機関にすすむ道が開かれていた。千年自身も大学への進学を考えていたし、父団之助もそう考えていた。そして、学校も千年に、お茶の水の東京女子高等師範学校への進学を勧めた。しかし、幼いころから母や近所の女性たちの苦労や忍従の日々を見てきた千年は、良妻賢母教育にかたよる女子教育に疑問をいだいていた。「学校の女の先生の、いわゆる教師タイプが大きらい」で、お茶の水にすすみ教師になる気はなかった。

千年のこころをとらえていたのは、目白にある日本女子大学であった。雑誌「女学世界」に載った日本女子大学の紹介記事をよんだ千年は、女子大生たちが夕ぐれの寮舎の庭をそぞろ歩いている情景に、ふかいあこがれをいだいた。そして、日本でたったひとつの女子大である日本女子大学に「なにがなんでも入学しよう」と決意する。文科にすすんで、文学について学びたいと思ったのである。

ところが、千年が最終的に志望先に選んだのは、文科ではなく、師範科であった。

千年は、生家での母と異母兄との確執を考えて、大学卒業後は自分が母をひきとり、ふたりで気兼ねなく暮らしたいと思いはじめていた。それには、大学を出たら、すぐに自立しなければならない。そもそも、大学に通うにも多額の費用がかかる。異母兄の協力がなければ叶えられないことは明らかであった。自立につながる学科を選ぶ必要があった。

私立の専門学校である日本女子大学では、開学当初は、卒業しても資格はなにも得られなかった。それが、明治四十三年からは師範科を卒業すると「家事科中等免許状」が与えられ、師範学校、中学校、高等女学校の教員として奉職できるようになっていた。それに、このころの日本女子大学は、現代のような入学試験の制度ではなく、内申書による選抜試験で、師範科には、女学校の成績が平均九十四、五点以上で校長の推薦があれば入学が許可される。千年の成績なら校長の推薦を受けることができる。千年は、この制度をつかって日本女子大学師範家政科に進学することにしたのであった。

この年、長岡高等女学校から日本女子大学に進学したのは、千年と親友の新田芳江のふたりだけであった。

四、日本女子大学四年で脚本家デビュー

新井石禅和尚から贈られた女性訓

母サキと（大学時代）

大正十（一九二一）年三月二十六日、千年は新潟県立長岡高等女学校を卒業した。人生を考えつづけ、そのいっぽうで生涯の友を得た四年間の寄宿舎生活をおえて、あらたな世界にむかって巣立つときがきた。

卒業式の翌日、千年は東京から迎えにきた父団之助につれられて、信越線まわりで東京に向かった。長岡から関東地方につながる上越線は、まだ完成していなかったのである。

父と娘は早朝の汽車に乗車した。長岡駅を出発すると、いちど東京に背をむけて柏崎に出て、それから日本海に沿って直江津（現在の上越市）に行く。そこではじめて進路を南に転じて、長野、小諸、軽井沢と山あいをぬい、険しい碓氷峠を越えて、ようやく高崎に出る。それから上野をめざすのである。乗換えや待合いをなんども繰り返し、上野駅に着くのは夕方五時すぎという

長い旅であった。

乗物によわい千年は、父に伴われてやっとの思いで上野駅に着いた。それから省線に乗換え、芝の三田寺町に父が借りている寺のはなれに、ようやく落ち着いた。

大正十年春、千年はあこがれの日本女子大学に、こころも足も浮き立つような思いで入学した。日本女子大学は、全国から良家の令嬢がつどう学園であった。千年と新田芳江が母校の長岡高等女学校の同窓会報に寄せた文章は、そんな女子大学の雰囲気にみちあふれている。

朝の登校時の様子――。

「ようやく歩き終わって、門近く、／「お早うございます。」と、だしぬけに肩をたたかれる。／「お早うございます。」と挨拶を交わして「英語おしらべ遊ばして？」／「いいえ。又怠けて了いましたのよ。聞かして頂戴な。」／「あら、私こそ。」華やかな笑声と一緒に門を入る。…／学生達は楽しげに、三々五々、各自のお教室へと入って行くのでございます。／女学校時代には、一日五時間とか六時間とか、キチンと決まって授業がございますので、格別何とも思いませんけれど、ここでは時間が少なく、従って空時間が沢山ございますので、一日授業のある日は何だか余計なような気が致します。人間ってほんとに我儘でございますね」。

お昼休み――。

「午前の授業をすますと、お弁当を持って、化学館の階下にある通学生のお食堂へ参ります。大きなテーブルが四脚、白布をかけた上には優しいコスモスが二三輪さしてございます。私共の級は通学生が割合多く、大抵の日は十一時頃までしか授業がないので、いつも早くから陣どって、小使さんに驚かれる位、にぎやかに談笑しながら楽しく御飯を頂きます」。(「目白台より」)というように。

千年といっしょに入学した新田芳江は、大学の敷地内の学生寮にはいっていたが、寮生活では言葉遣いだけでなく、日々の役割や四季折々の行事をつうじて日本女子大学の精神を身につけるとともに、良妻賢母の女性に欠かせない知識や作法を身につけていく仕組みになっていた。

師範科の講義は、小説家志望の千年にとって、あまりたのしいものではなかった。それでも、必修科目以外は時間があれば、他の科の講義も聴くことができたことは救いであった。

このころはまだ大学も少なく、日本女子大学の講師は帝国大学の教授たちが教鞭をとっていた。千年は哲学や美術史、宗教学など、おおくの文科の講義にもでていた。なかでも、姉崎正治教授の宗教学では宗教の本質を知ることができて、その後の人生において参考になった。姉崎は成瀬仁蔵や渋沢栄一らとともに帰一協会を設立し、さまざまな宗教者が相互理解と協力のもと同じ目的を達成しようとするあたらしい活動を推し進めていた。千年はそうした姉崎の講義に感銘を受け啓発されたのであった。

大学生活がはじまってひと月ほどが過ぎた五月のある日、千年のもとに小包がとどいた。差出人は「總持石禅叟」。かの新井石禅和尚であった。新井石禅は前年(大正九年)の暮れに横浜鶴見にある曹洞宗大本山総持寺の貫主に当選し、この年(大正十年)二月に入山していた。

包みをといてみると扇面が二枚はいっていた。一枚は白地の和紙で、中央に「夢」と大きく墨書され、その左右に「夢の世と思うも夢とさとりなば　覚めんと願う心だになし」という短歌が一首添えられていた。さらにもう一枚は木目調で、つぎのように書かれていた。

「誠実なれ、柔和なれ、親切なれ、
而して常に堪忍を守りて、品行を慎むべし
快活なれ、優美なれ、綿密なれ、
而して専ら健康を保ちて学業を励むべし
忠孝の道は、身を修むるを本とし、
幸福の門は、勉強の手に開かる

すこやかに　まなびのみちに　いそしみて
　千とせかがやく　人となりませ

大正十年五月吉日
高野千年嬢のために
　　　　　　　　　總持石禅叟　」

十四歳のときに「絡子」を授けられ、長岡高等女学校に入学したときに旅先の丹波からこころのこもった祝福と励ましの手紙がとどく。そうして、このたびの日本女子大学への進学にさいして、生涯の指針となる為書きが贈られたのである。

このように、石禅は千年の少女期から思春期までの節目節目に、こころの糧となることばをかけてくれた。

このころの石禅は、大正十三年（一九二四）の光華女学校（現鶴見大学附属高等学校）設立にむけて準備をしていた。女子教育に高い関心をもっていただけでなく、女性の時代の到来を予見し、次代をになう女性の育成に尽力していた。

石禅がおくった女性訓は、千年にひとかたならぬ期待を寄せていたことの証である。千年も、少女時代から母や村の女性たちのつらくみじめな生活に疑問をもち、女性の人権と自立に関心をいだいていただけに、石禅の訓えはこころに響くものがあった。

「千とせかがやく　人となりませ」——。みずからの名前「千年」にかけて詠まれた一首に、千年は石禅禅師の期待のおおきさと激励のあたたかさを実感するのであった。

新井石禅は当代における曹洞宗の高僧である。高い志と希望を胸に日本女子大学に入学した千年には、石禅のしたためてくれた言葉のひと言ひと言が尊く感じられた。そして、こころの奥深くにしみこみ、これからのきびしく長い人生の指針と糧になっていく。千年はこの女性訓を表装して掛軸にし、たいせつに手元に置いて身を律して生きていく。

生家との決別、母をひきとる

新井石禅和尚からの女性訓を胸に、千年の勉学への意欲はいっそうたかまっていった。大学生活にもすこしずつ慣れてきた。

そんな矢先の六月はじめのことである。千年は母を生家からひきとることになった。

このことについて、千年は「六月には、母が上京してくれたので、学校の近くに、小さな家を借りて、母子でくらすようになった」と、さらりと記述しているだけである。たしかに事実だけをみるなら、そのとおりだが、しかしそこに至るまでのいきさつは、けっしておだやかなことではなかった。

病床の母と（昭和初期）

千年の遺品に、「初雪」（掲載誌、年月日ともに不明）と題した短編小説がある。たいへん自伝的な色合いがこい小説で、主人公の涼子は千年自身といってよい。

つぎのようなストーリーである。

二十二歳の涼子と母は、歳暮の買出しでごった返すデパートに、涼子用の春着の反物を買いに行く。涼子は目白の女子大学を卒業していた。母と娘は、故郷の異母兄が送ってくれるひとり分の学費でカツカツに生活してきたのだが、涼子が大学を卒業したことで異母兄からの仕送りはうちきられた。しかし、最初女学校の教師になる予定だった涼子は文学への夢を捨てきれず、定職につかぬまま、ときおり少女小説などを書いて得るわずかな収入でつましく暮らしてきた。ところが二か月ほどまえのこと、涼子がある婦人雑誌の懸賞小説募集で二等に当選し、賞金五十円が手もとに入った。ひさしぶりの大金をふところに、ふたりはデパートに買物にいく。涼子はふたりのものを買おうと提案するが、母は自分は一生を終えた人間だから、出世前の千年にできるだけいいものを買ってやりたいと主張し、けっきょく涼子は母心に感謝しつつ折れる。納得のいく反物を買いおえたふたりは食堂に入り、注文したお汁粉を待っていると、窓のそとにはいつのまにか白いものがちらついている。その白い雪片をみつめているうちに、半年は雪にうもれる故郷の山々と、生まれそだった生家でくりかえされた父亡きあとの屈辱と忍従にみちた生活が思い出されてくる。六年前のことである。ふたりが上京するとき、異母兄がはなった言葉。「フン、偉そうな事を云って、女に何が出来るもんか。お前が、一生立派に母親を立てすごすことが出来たら、お目にかかるよ」。冷酷な異母兄の顔と嘲笑が思い出され、涼子は思わず歯を食いしばる。「いまにみろ。私だってきっときっと立派なものを書いてみせるぞ。どんな苦労をしたって、きっときっとやりとげてみせるぞ。いまに、いまにみろ」と。涼子は興奮で涙ぐみながら、ジッと窓を打つ雪を見つめつづける。こうして涼子は、異母兄の辛辣な言葉を胸に、母をともなって上京する―。

目白の女子大（日本女子大学）を卒業した主人公が、文学の夢を捨てきれないで女学校の教師にはならず、定職につかないままほそぼそと暮らし、その後婦人雑誌の懸賞で家庭小説が二等に当選して五十円の賞金をもらうという流れは、千年の半生にそのままかさなる。実際、千年は大学を卒業した大正十四年の八月に、雑誌「料理の友」の懸賞で、家庭小説「涙涸れねど」が二等に当選して賞金を得ている。

短編「初雪」では、異母兄とのやり取りで母をひきとり、文学へのつよい決意を固めることになっているが、このことと千年の生涯をあわせて考えるとき、おそらく事実にもとづいて書かれているると判断していい。

家長である父団之助は、東京の寓居を拠点に全国的な芸術活動に没頭し、家のことのいっさいをふたりの息子にまかせ切っていた。先妻の息子らと後妻の母との確執は、家長である団之助がいればそれほど表立ったいさかいにはならない。そして家長が芸術活動に専念し留守がちになっても娘の千年がいることで、両者の関係もなんとかたもたれていた。しかし、千年が長岡の高等女学校の寄宿舎に入ってから両者の関係はだんだん悪化し、さらに千年が日本女子大学に進学し上京してからは、ぬきさしならない状況になってしまっていた。

千年が高等女学校だけでなく日本女子大学に進学できたのは、父団之助の先見の明にあったことは確かなことである。芸術家として全国を行脚して得た見聞の広さが、新しい時代の到来と女子教育の重要性を認識させていた。しかし、女学校や大学にかようには高い学費や寄宿舎代、それに生活費がかかる。それらの経済的負担は、家長が不在の留守宅をまかされた先妻の息子らになわされた。家長のかわりに、旧家としての地域の役割やひろい田畑森林の管理に日々忙殺され、腹違いの末の妹のために毎月多額の仕送りをしなければならなくなった異母兄らの不満と葛藤は想像にかたくない。高野家は旧家とはいえ、ちいさな山村の旦那衆の一軒にすぎない。田畑を売ってまでして千年の学費を捻出したことで、高野家はずいぶん財産をうしなっていた。

家長がおり娘の千年が家にいるうちは抑制のきいた確執も、そのふたりが家をでてしまえば、両者の関係は決定的にこわれてしまうのは必然の流れであった。ある日、異母兄のひとりが母サキとつかみ合いの喧嘩になり、サキは縁側から庭に突き落とされてしまう。そんなことがあって、異母兄のうち長男の半《なかば》は家を出ている。千年がいった「六月には、母が上京してくれた」という一行には、こうしたいきさつがあったのである。

母が気丈に異母兄らと対立したのは、愛するひとり娘を守るためでもあった。時代は明治末期から大正期のこと。東京では女性解放運動が活発になりつつあっても、地方の片田舎の寒村では、いまだ男尊女卑の風潮は根深かった。法律上、女は結婚して妻になれば無能力者と同等に扱われ、夫の許可なしには一銭も自由にならないのが実態であった。すなわち女性には、権利も立場も与えられていなかった。しかし、愛するひとり娘を守るために、母サキは自分の意志を通そうとした。自分を妻として迎え入れた夫は、ほとんど家にいないのだから、サキが気を張って立ち振舞うのもやむをえないことであった。

母サキがひとり娘の自分をこころの拠り所にし、愛してくれていることを骨身にしみて知っていた千年は、母は自分が護るしかないと思った。ひとりとして味方のない母は、娘の自分が生涯護りとおす——。そう決意した千年は、母を引き取ることを自分から申し出る。それに対して、異母兄は「女に何が出来るもんか」と、冷酷に鼻で笑ったのである。

東京にもどるまえに、千年は土蔵にしまっておいたものを整理する。子どものころから読んだおおくの本や雑誌を、すべて町の古本屋に売り払ってしまう。

そして、文学で身を立てることを、あらためてかたく決意する。さらに、自分ひとり分の仕送りで、母とふたりで暮らしていく覚悟も固める。

しかし、生家と決別するといっても、このときのそれは、気持ちのうえだけにすぎなかった。なぜなら大学をつづけるためには、ひきつづき異母兄からの仕送りに頼らざるを得なかったからである。とはいえ、このときが水島の自立の第一歩となった。

そうして、異母兄の冷たい嘲笑を胸にふかく刻んで、千年は母をともなって東京にもどる。

母の上京を機に、千年は芝の父の寓居をでる。そして、大学のある目白台にほどちかい雑司ケ谷に、ちいさな家を借りて、母とふたりで暮らしはじめた。

人生の悩み

あこがれの気持ちと小説家への希望にみちてスタートした大学生活は、母が上京したことでおおきく変わった。親もとをはなれてひとりで大学にかよい、夢を追いもとめていくことだけを考えられた状況と、母とふたりで暮らすという現実はあきらかにちがう。大学の勉強のことだけではなく、日々の暮らしのこと、母と生きるこれからのことなど、考えなければならないことがおおくなった。千年は「入学時の感激も次第にうすれて、あこがれも夢も消え、学校に対するいろいろな幻滅や、自分の進路への迷い、そして人生という大きな問題への悩みなどで、ともすれば暗く、沈みがちの日が多かった」（「沈丁花の匂うころ」）と記録している。

大学一年のときの作文に、千年の苦悶のようすがうかがえる。この課題に、「二匹の兎」（一学期）、「善悪」（二学期）、そして「自己的な愛」（三学期）の三点を提出しているが、いずれも論旨が明快であることから「甲ノ上」の評価をもらっている。

「二匹の兎」は、見た目には同じに見える二匹の子兎の個性の違いについて書いている。元気に遊ぶ兎は家族のみなに可愛がられ、それをただみているだけの消極的な兎はますます元気がなくなってしまう。千年は勇気のないいじけた兎を哀れに思いつつも、人間のなかにもこの二匹の兎のような違いはたくさんみることができると締めくくる。二匹の兎をみながら、千年は自分はどちらの兎だろうかと思っていた。

二学期の「善悪」という作文は、思いがけない親友の死の知らせに思い悩んだことについて書いている。高等女学校四年生の千年は友人と、病気で入院中の親友の見舞いに、いつ行こうかと相談する。しかし、先生の「七分通り快復した」という報告から全快が間近いと思ったふたりは、いま見舞いに行って神経を使わせてはいけないから四、五日してからにしようと話し合う。ところが、それから三日後に親友は突然亡くなってしまう。千年と友人は「こんなことになるならなぜ見舞いに行かなかったのか」と激しい悔恨の思いに苦しむ。見舞いに行かなかったのは、親友のことを思ったからこそのことだから悪いことではなかったのではないか。しかし彼女はどう思っただろう。友の冷たさを恨んだか、あるいはふかい思いやりと知って喜んでくれたか。ふたりには親友の気持ちを確認するすべはもうない。自分たちがある人にどんな結果を与えたか、善か、悪か—千年は悩む。

そして三学期の作文「自己的な愛」は、テーマがさらに普遍的な領域に到達している。全文を引用する。

「　自己的な愛

師一ノ一　高野千歳

野原で美しい花を見る。

「おお美しい花だ。鉢に植えて可愛がってやろう。」

そう思って花を取る、立派な鉢に植える、そして美しい室内に飾って、日光にあてたり、水をやったりする。

「こんなに可愛がられて、大切にされて。さぞ花も喜んで居るだろう。」

美しい花を愛でたい——そして花から慰めて貰いたい——

こうした自己の欲望、それを満足せしめる為に、云わば、自分の為に他を愛するのでありながら、自分では少しもそれに気が附かず、立派な愛他心からであると思う。

これが世の中に一番多い愛である。

「野の花は、野に置いてこそ幸福である。ほんとうに愛するならば、やはり野に置いて行こう。」

此の場合、こう考える人があったとする。愛するが故にそのものの真の幸福を願う、これが先ずほんとうの愛であろう。しかし、これもやはり自己の為の愛だと思う事が出来る。即ち自己の欲望「愛したい」という心を満足せしめる為にやる行為であると思う。そして、自分は真に花を愛してやった、という喜びを得るのである。

自分の為の愛他心―。

深く考えると、すべての愛は、皆ここから出発したもののように思われる。

愛の現れとして、最も尊い美しいものである筈の犠牲―即ち自己を無くして他の為に捧げる―という、こうした深い愛の行為、一寸考えると全く純粋の愛他心から発せられたと思われる行為であっても、一歩突き進んで考える時、やはり自分を愛するが為の結果であるように思う。

自己を無くする―というけれども、その無くするという事其の中に、かくれた自分の喜びがあるのだと思う。

喜んで自分を捧げるのでなければ、それは愛の心からとは云われない。而して、本当の犠牲、即ち喜んで自分を捧げるというのであれば、それは同時に自分の満足を得る為であると見られる。

自分の為。我々の生活はすべて自分の為の生活のように云われる。ほんとうに純粋な、真の愛他という事はないものであろうか。

私の過古一年間を顧みて、最も大きかった悩みはこれであった。考えれば考える程、すべてが自己中心の行為のように思われて来る。ほんとに私共は、全く自己を離れた行為は出来ないのであろうか。

自分の為の愛他心—、そんな心で他を愛して行くよりか、どうする事も出来ないのであろうか。

私は毎日のようにそれを考えて居た。」

この作文にたいして、担当教官は「この論理はたしかである。最も明晰に、たしかな一面を言い表わしている」と書き込んでいる。

千年の苦悩は、大学二年生になってもつづいた。母校長岡高女の同窓会会報に、「墓前の想」という一文を寄稿している。

大正十一年四月二十日、二年生に進級した春のことである。夕暮れの近づくころ、千年は雑司ケ谷の法明寺の墓地に、ある男の墓をみつけてお参りしている。男の名は「武林男三郎」。明治三十年代後半に天地を震撼させた殺人鬼である。少年の尻の肉を切り取り殺害した「臀肉事件」、妻の兄を殺害した事件、そして薬店主人の詐欺殺人事件のみっつの殺人事件である。警察に逮捕された男三郎は、薬店主の殺害だけが確定し、他のふたりの殺害は証拠不十分で無罪になるが、結局死刑に処せられた。

男三郎の故郷大阪には母親が健在だった。しかし、母は息子の遺体を引き取らなかった。それは罪を犯した息子を恥じて許せなかったからであろうか。しかし、そんな男三郎を引き取り、やさしくこの地に埋葬し安住の場としてあげた心ある者がいたのである。そのことに思い至った千年は、その愛に心動かされ、涙がしたたり落ちるのであった。

千年は「善事も悪事も、恋も憂も、過ぎされば皆夢である」と思う。男三郎は「そうあるべくして生まれて来た彼」であり、「その使命を果たすべく、人の世の罪を犯した彼」なのである。だから「すべての想が夢になった後、覚めたる心のうちに残るは、ただただ淡いなつかしみである」とつぶやく。「なつかしみ」とは、「何人をも兄弟として愛せられる、人間の心の底なる共通の愛」からくる懐かしみだという。目を閉じ合掌して千年は語りかける。「ああ―気の毒な私達の兄弟よ―。…気の毒な男三郎よ。使命を果たした男三郎の魂よ。永久に安らかなれ―」と。「運命―使命―死―人生」、そんな文字が走馬灯のように千年の脳裏に浮かび、いつまでも静かにじっと墓を眺めていた。

大学二年生、十九歳の千年は、かつて起きた猟奇殺人事件の犯罪者の墓前で、愛とは何か、運命とは、使命とは、そして人生とは何かと、ふかい思いにふけっていた。

歴史小説「形見の繪姿」、懸賞に当選す

大学一年で「個性のちがい」や「善悪」、そして「自己的な愛」をテーマに作文を書き、二年生のときには殺人鬼武林男三郎の墓前で、この世に生を受けたものの運命と使命について想いをめぐらせ涙ながらに問いかける。個性とは、善とは、悪とは、真実の愛とは、人生の目的、使命とは―。

こうした真理探究の日々をつみかさねた千年は、大学三年になって一編の歴史小説を書き上げ

る。「形見の繪姿」(ペンネーム、高瀬千鳥)と題した短編で、雑誌「面白倶楽部」の懸賞に応募すると、みごとに当選して全編が誌上に掲載された(大正十二年五月号)。

「形見の繪姿」は、原稿用紙三十五枚ほどの小説である。主人公は若き浮世絵師宮川永春とその許嫁お雪で、かたい愛のきずなでむすばれたふたりの苦悩とかなしい結末を描いた物語であった。

永春は浮世絵師として世に出る運になかなかめぐまれずにいた。心血をそそいで描いた許嫁のお雪の絵姿も正当に評価されず、悔しい思いの日々を送っていた。ある日、以前頼まれて手伝った色づけの賃金をはらってもらうため、浅草の狩野光春のもとに向かう。しかし、光春は賃金の支払いをしぶる。永春がくりかえし頭をさげると、光春は思いもよらぬ条件を出す。許嫁のお雪を自分にゆずってくれたら支払うというのである。永春は、自分がした仕事にたいする賃金なのに、それをお雪を譲ったら払うなどというのは、あまりに非道だ、というと、光春は、非道でもかまわぬ、お雪を手に入れることさえ出来たら、どのようなことでも厭わぬ、すぐに返事を聞こうとせまる。永春はさらに支払いを願うが、光春はまったく受け入れない。そんな光春の態度をみて、永春は心をかためる。「貴様如きの人非人から、一文たりと欲しうはない。色づけ仕事の賃金は改めて貴様にくれてやる」。永春のことばに、光春は「無礼な事をぬかしたな。この光春の力をよくよく見せた上、吠え面をかかせてやる」と言い放つ。永春は「金の力と真心が、どのような違いがあるものか、やがて思い知る時が来ようぞ」と言い残して立ち去る。

それから幾月がたったある日。お雪は父から永春が狩野光春という高名の絵師とその友人三人を殺したとがで死罪になると聞かされる。お雪には永春がそんな大事件を起こす人だとは到底信じられない。しかし、光春という名をきいて、お雪は思い当たる。人を介して何度も何度も言い寄ってきたあの光春。―永春は自分を守るために光春を殺したのだ。お雪は信じがたい現実を受け入れる。

永春が処刑された翌日、お雪は両親への手紙を書き、永春が描いてくれた形見の絵姿を、じっとながめつづける。そしてまたその翌日、江戸の町にあたらしい噂話がひろがる。人殺しの絵描き永春を慕って、町娘お雪が自害したと。永春は金をはらわぬ腹いせに光春を殺したと思っていた町民たちはやがて、お雪がいやがるのに言い寄りつづけた光春を殺害し、愛する許嫁をまもったのが真実だと知る。そして、これはたがいに慕いあう永春とお雪の心中だったと噂しあう。機を見るにさとい江戸の版木屋は、永春の描いたお雪の絵姿を刷りだし、瓦版といっしょに江戸中に売り出すと、物見高い江戸の人々のあいだで話題になって、生前にはまったくかえりみられなかった永春のお雪の絵は、菱川派や鳥居派の絵師たちの作品をぬいて、またたく間にひろがっていった。

こうして宮川永春の名は彼の死後になって、真の価値を見出されることになった。しかし、永春もお雪も、何も知らずに死んでいったのであった―。

この「形見の繪姿」は、千年が大学生活で思い悩んだ真理追及の物語であった。この作品のテーマは、永春が光春に最後に投げつけた「金の力と真心が、どのような違いがあるものか、やがて思い知る時が来ようぞ」という言葉に集約されている。大学一年から二年そして三年と悩み求めつづけた諸々の人生の問題を、千年はこの作品を書くことで自分なりの答えを出したのであった。世のなかの矛盾や理不尽に気づき、ふかく葛藤しながら真実を追い求めた二十歳の女学生の、渾身の作品が「形見の繪姿」であった。

「面白倶楽部」は、講談社が「雄弁」「講談倶楽部」「少年倶楽部」につづいて大正五（一九一六）年九月に創刊した雑誌で、一冊一〇銭という廉価におさめ、歴史小説や探偵小説、新小説などを掲載して読者が手にしやすい雑誌として発売していた。吉川英治も、大正十年にこの雑誌の懸賞で「馬に狐を乗せ物語」が第一席にはいって、小説家として足場をつくっている。

千年は、そんな注目雑誌の懸賞で当選したのであった。立派な小説家になりたいという少女のころからの夢を胸に、生家から母をひきとり自立の道を模索していた千年のまえに、立ちふさがる重く厚い扉が、すこしだけ開かれたのであった。

転機となった関東大震災

「形見の繪姿」の当選は、小説家を目指す千年におおきな自信を与えた。

生家から母をひきとるときに、異母兄から投げつけられたさげすんだ顔と言葉が思い出される。そのとき千年は母を自分が生涯面倒見ると宣言し、かならずや立派な小説を書いてみせる、そして、どんな苦労をしても母を護りとおしてみせる、とかたく決心した。その炎のような決意が、この作品に凝縮され、全国から寄せられた数多くの応募作品のなかから当選したのであった。

二十歳の千年は、りっぱな小説家になるという夢のひとつの実現にむけて、たしかな足がかりを掴んだ。この日を契機に千年は、いっそう小説の創作に邁進する。

ところが、そんな希望にみちた千年に、あの日が襲いかかる。

大正十二（一九二三）年九月一日、午前十一時五十八分。マグニチュード七・九の激震。関東大震災である。

「形見の繪姿」の当選発表から、わずか四か月後のことであった。

大学は夏休み中で、千年は家にいた。

「その日はほんとに蒸し暑い厭な日和でございました。丁度お昼の仕度に台所へ下りた私が、襷をかけ終わったと思う瞬間、グッッと家がゆすれました。／「あ、地震―」と云ったきり、まだ何か云おうと思っていた私は、たちまち起こった次の大震動に、思わずハッと息をのんでしまいました。私はすぐ六畳へかけ込みました。丁度二階に上がろうとしていた母は、黙ったままませわしく私を引っ張って、二人は梯子段の下に身をひそめたのです。／その時、家はズシンという物凄い音とともにたしかに上へ持ち上げられました。アッと思う暇もなく続いて起こる波のような水平動は小さな家を船のようにゆすりました。／ギーギーと悲しげに鳴る梯子段に取りすがったまま、二人はじっと動かずに居りました。そして、喰い込むように見つめて居た鴨居が抜けて落ちた時、ああもう駄目だと思いました」（「あの日を追想して」）。

これまで経験したことのない激しい大地の震動にもかかわらず、そのとき、千年の耳にはなにも聞こえなかった。目は無意識に梁のあたりをみつめたまま、千年はただ大声で神に救いを祈った。母も一心不乱に生まれ故郷の鎮守に祈った。震動はなかなか止まず、壁土が雨のように降り注いだ。母は「もう駄目だ―」とあえぐような声で、最後の言葉をもらす。千年は（自分は、いま死ぬのかしら―）と思った。すると頭のなかはぼうーっと空になり、これまでへてきた二十年の生涯は、煙のようにすーっと消えてしまった。多くの人は死の直前になると生涯のできごとが絵巻物のように浮かぶという。しかし千年はなにも浮かんでこなかった。歓喜もなく後悔もなく、また生に対する執着もなく、まるで夢を見ているような気持ちで、眼前に迫った死に対した千年は、「若しもあの時家が潰れたなら、私はあのボーとした気持ちで、何も思わずに死んで了ったに違いありません。ほんとに私は、二十年の月日を空に過ごしたのであったか、と後で思った時、実に淋しい気持ちが致しました。喜びもなく悲しみもないという事は、一面平和に安らかにも思われますけれども、一面非常な淋しい事でございました」と述懐する。

何分たったことだろう、やっと激しい震動が静まった。ふたりはホッと息をついて顔を見合わせる。階段のしたから這い出てみると、座敷は一面くずれた壁と土にまみれ、障子は裂け襖は破れ、ひどいありさまであった。

ふたりは何ももたず、上草履のまま戸外に飛びだした。家のすぐまえの墓地まで一気に走ると、その空き地にはもう、近所の人びとがみな集まっていた。誰も彼も裸足で、顔には血の気がなかった。あたりを見まわすと、墓石はすべて転げ落ちていた。

そうこうするうちに、また地鳴りとともに、激しい揺り返しがきた。投げ倒されそうになるのをこらえて地面にしゃがみ込む。しかしその地面もどこが割れるかもわからない。ただ波のように動く地面にしがみついているしかなかったが、その時は助かりたいとはすこしも思わず、ただ目前の恐ろしい震動が早くやんでくれればいいと、千年はそれのみを一心に願っていた。

「今になって考えますと、何だか矛盾した心持ちの様に思われますけれど、その時には全く死だの生だのという事は念頭になかったのです」「芸術至上の恋愛至上のと云って居た人々は、あの際、更にその主張を信じ説く勇気が出たでしょうか、私の経験から云ったならば、恐らくそんな事を思い出す暇も無かったと思います」と千年はいう。

震動がいくらか静まったとき、千年が第一に考えたことは、夕飯と野宿の支度についてであった。「これが――ほんとに此の事が、赤裸々な人間としての、心底から求むる第一のものだ」と千年は知る。

こうして九月一日と二日を野宿するのだが、人々は平素はほとんど言葉をかわすこともなかった間柄でも、あたかも十年来の知り合いのごとくにしたしみをもって協力し合った。千年はそこに、美しい人間の真のこころを見出してよろこぶのであった。田端で被災した芥川龍之介も「大地震のやっと静まった後、屋外に避難した人人は急に人懐かしさを感じ出したらしい。向こう三軒両隣を問わず、親しそうに話し合ったり、煙草や梨をすすめ合ったり、互いの子供の守《も》りをしたりする景色は…殆ど至る所に見受けられたものである」（「関東大地震」草風館）と記録している。

そして千年は、「此の度の震災では、随分害も受けました。しかし、又その為に益した事も、どんなに多かったか知れません」といい、「生死の境に立って見るという事、それはほんとに尊い経験でございました。その為に、犠牲になった方々は、何と申し上げ様もないお気の毒さでございますけれども、こうして大なる犠牲を払って得た此の度の機会こそ生き残った私共が、あくまで感謝しよりよく活かしていかなければならないものだと存じます」と書き残している。

震災後ほどなく、衝撃的な大震災は天の諌めであるという論調があらわれる。都市文化の発展とともに、社会に蔓延していた個人主義やモダニズム文化の進行、社会運動や思想活動の展開など好ましからざる社会的風潮に対する天の戒めであり、すべての日本人の身代わりとなって亡くなった人々に、ふかく哀悼の念をいだくとともに、進んで禍を転じて福と為すことに努力すべきだというのである。そんな天譴《てんけん》論にそのまま同調したとは思わないが、千年もまた、犠牲になった多くの人びとを思いつつ、みずからの今後の生き方に思いを致すのであった。

小笠原映画研究所でシナリオを学びはじめる

この大地震により、東京府で全半壊した家屋の数は三万七千戸を超えた。そのうえ昼食の炊事の時間帯で、数か所から出火。おりしも風速十メートル以上の強い風にあおられて火炎地獄と化し、東京の街々を瓦礫の山と焼け野原にした。火災は九月三日未明まで燃えつづけ、全焼家屋の数は三十一万戸をこえた。東京市の総人口の七十四パーセントが住宅を失ったことになる。とくに、神田、日本橋、京橋、浅草、本所、深川の各区はほぼ全焼した（「一億人の昭和史　昭和への道程―大正」ほか）。

死者は十万人におよび、かろうじて助かった人々にも心身ともに深い傷跡を残した。関東大震災といえば大火災を想起するが、それはおもに下町一帯が焼けつくされたのであり、千年母娘が住んでいた目白界隈では火災は発生したものの、ほとんど延焼していない。

千年母娘にとって、それは不幸中の幸いであった。しかし、激震に傾いたわが家をみながら、千年は男手があったらと感じることもあったにちがいない。千年は、女であっても自分がしっかりと母をささえていかねばならぬと、あらためて強く自覚する。

広大な廃墟と化した帝都を目の当たりにして、千年は多くのものを失ったが、そのいっぽうで、得たものもまた多かったという。得たものとは、芸術至上だとか恋愛至上という観念的なことよりも、まず食べることと安全に休む場所を確保することであり、それが人間として赤裸々に求めるものだという気づきであった。その気づきは、千年の人生観におおきな変化をもたらす。

この大地震で、東京市内の交通や通信、さらには工場や商店などは壊滅的な打撃をうけ、すべての都市機能が完全に機能しなくなった。家を失い家族を失い、または生き別れた人々であふれた廃墟の街は容易に立ち直れないと思われた。

しかし、塵芥のなかで、打ちひしがれている人びとばかりではなかった。余震もおさまらぬうちから、力強く、再建に立ち上がっていく人びともおおかった。千年の回想には、「焦土にも秋は来ました。勇ましい金鎚の響きは、蒼く晴れた空にこだまして居ります」とある。たしかに銀座などの市の中心部は、復興計画の影響で実際の作業は遅れるが、比較的被害のすくなかった山の手や市の郊外では、秋が深まるまえにはあわただしく復旧と復興の作業が着手されていた。

そして、大火で焼けつくされた下町のバラック街にも、すいとんやライスカレー、蕎麦やラーメンを食べさせる屋台、それから冷酒などを提供する飲み屋が出現しはじめる。大地震からわずか十日ほどで、日比谷公園のバラック街にハーモニカの音色が流れはじめ、この一帯の露店のテーブルには、底をぬいた瓶のなかにローソクがともり、冷酒をあおる男たちでにぎわうようになる。余震が徐々にちいさく、少なくなってくるにしたがって、眼がつりあがり青ざめていた人々の顔色も落ち着いてくると、人びとは唄や音楽や酒などの娯楽を求めはじめた。こうして、日に日に復興にむけた活気が廃墟の街に満ちてくる。

さまざまな娯楽業界のなかで、復興にむけた動き出しがはやかったのが映画業界であった。千年も「大天災で、映画なんぞは、当分、復活出来ぬだろうといわれていたのが、大ちがいで、十日もたたぬうちに、もう駅前の常設館では、前の通りに開館し、しかも、毎日毎夜、お客は、押すな押すなの大入りでした。すべてが荒涼としている天災のあとなど、ふだんよりも、もっとあしたうるおいを、人の心が求めているものだということを、私は、しみじみと感じました」と、母校長岡高等女学校の同窓生に報告している。当時活動弁士として活躍していた西村小楽天も、山の手では震災後一ヶ月たつかたたないうちに、焼け残った映画館が開館し、娯楽に飢えていた市民で連日超満員となったと記録している（「私は昭和の語り職人」）。映画はまさに、人びとにいやしのひとときを提供したのであった。

このような映画のすばらしさに、千年は目を見張った。

千年の夢は小説家になることである。しかし、大地震を罹災したいま、母とふたりでこれから食べていくには、そして自立して生きていくには、どうしたらいいのだろうか——そんな想いが、あらためて胸中に去来する。

荒れ果てた焦土にたたずみ、千年は自分がこれから進むべき方向と道すじを、その廃墟のむこうに見出そうともがいていた。

そして「自分は女であっても、…なんとかして自分の生きる道を見つけて自活して、母と二人で気がねなくくらしたい」（「八十年の夢」）と、いっそうふかく思うようになる。

こうして千年の人生観が、こころの奥底にかたまっていく。

震災から半年がたった翌大正十三（一九二四）年春、千年は四年生に進級する。

大学を卒業して社会に出るまで、一年をのこすだけになっていた。

卒業して、何の職業に就くか——。このかぎられた期間に、自分のすすむ道を見出し、さだめなければならない。

卒業すれば家事科の中等教諭の免状はもらえる。母校の長岡高等女学校からは教師としてもどってほしいといわれている。だから教師の道はひらかれている。これが経済的な自立につながる道であることは理解している。しかし、こころの奥底には、文筆の道で生きていきたいと、つぶやく自分がいる。

将来を考えつづけたすえに、千年は、あたらしいことに取り組みはじめる。小笠原映画研究所で映画のシナリオの勉強をはじめるのである。

きっかけは、友人が小笠原映研にいて、日曜日に遊びに行ったことであった。千年がシナリオを学ぼうと思い立った理由は、映画館にあつまる人々のようすに、おおきな可能性を感じたからであった。

震災によって、街も人びとのこころもふかく傷つけられたが、そんな焼け跡で、最初に活動しはじめたのが映画館であった。あたかも角砂糖にむらがりあつまる蟻のように、人びとは映画館に押しよせた。そして映画は、そんな人びとのこころをいやし、生きる力を与えていた。

思えば映画も物語である。小説家をめざす千年は、映画のストーリーを書くことに共通点を見出していた。しかも映画は、ほぼ毎週あたらしい作品が封切られていく。その映画に、おおくの人びとが待ち受けたように、あるいは引きつけられるようにあつまってくる。それが全国津々浦々へとひろがっていく。チャンスは小説よりも、はるかに多そうである。

千年の真の夢は、人びとをよろこばせ感動させる物語を書くことであり、ペンで自立の道を切りひらくことである。映画のシナリオなら、このふたつの夢が実現できそうである。

こうして、大震災の廃墟のなかから、千年はあらたに目指すものと、これからの道すじを見出す。

小笠原映研は教育映画の製作に力をいれていた。映画はひとつのスクリーンを、大勢が同時に見ることができるという特長をもっている。それを子どもの教育や社会の啓蒙に活用しようとする動きは大正の中ごろからあって、マキノ教育映画社や高松プロダクションなどが取り組んできていた。小笠原映研も、それにつづいて活動をはじめたのであった。

千年は「わたしがシナリオを志望したのは、よい児童映画を作りたいという希望からでした」（「息苦しかった時代」）と、はっきり記している。つらくさびしい少女時代を物語にささえてもらった千年は、自分も、子どものために物語を書きたいと思いつづけていた。その夢が、児童のためのよい映画を作りたいという思いにかわっていったのである。


小笠原映画研究所は、京王電車（現・京王電鉄）の初台駅にほど近い豊多摩郡代々幡町幡ヶ谷九番地（当時）にあった。立ち上げたのは小笠原明峰（本名長隆、一九〇〇〜一九四七）である。映画好きの明峰は、自邸の敷地内にスタジオを作り、本格的な映画製作をはじめる。大地震の三か月前、大正十二年六月のことである。東京市の郊外は震災による被害が少なく、小笠原映研は活動をつづけていた。

千年が小笠原映画研究所に通いはじめたのは二十一歳のときで、明峰は二十四歳であった。明峰は気さくな性格で、くだけた親しみやすい人柄であった。そんな明峰の主宰するシナリオの勉強会は、まるで同好会のような雰囲気で、そのころ一線で活躍していた活動弁士の徳川夢声（一八九四〜一九七一）や大辻司郎（一八九六〜一九五二）、山野一郎（一八九九〜一九五八）らがときどき講師を買って出るなど、ノンビリとした、ほがらかなプロダクションであった。

勉強会に集まっていたのは、専門学校の学生ばかりであった。千年が通っている日本女子大学も、このときはまだ正式には「大学校」という専門学校であった。

このころの映画は、隆盛いちじるしい新産業であった。のんびりした勉強会ではあっても、そこにつどった若者たちのまえには、華やかな未来と希望に満ちた世界が広がっていた。映画を語り夢を語る若者たちにまじって、千年は自立に向けた将来をみつめ、真剣にシナリオを学びはじめたのである。

そして数か月後。

千年にとってうれしく、かつ日本のシナリオ史において記録すべき日は、思いのほか早くやってくる。

日本初の女流シナリオライター・水島あやめの誕生

水島の書いたシナリオが二本、つづけて世にでることになったのである。一本は「街の曲」で、もう一本は「落葉の唄」であった。

千年が「水島あやめ」というペンネームを使いはじめたのは、このときからである。

まず「街の曲」は、映画人気にあやかり、スチール写真と物語を組み合わせた読み物で、いわゆる写真小説とよばれたものである。掲載されたのは「少年倶楽部」大正十三年八月号で、「写真小説　街の曲」というタイトルにつづいて、「原作・秦哀美／脚色・水島あやめ／撮影・本社写真部／監督・小笠原明峯」とあり、まさに映画のクレジットにみたてて構成されている。

音楽好きな少年牧夫が工場で働き、母の協力を得てようやくマンドリンを手に入れる。毎日寸暇を惜しんで練習する牧夫はみるみる上達し、聴く者の心を慰めるまでになるが、そんなマンドリンを父は売り払い、その金で酒を飲んでしまう。落胆した牧夫は、ある日街角でマンドリンを弾く老人に出逢う。このことがきっかけで、牧夫は老人のマンドリンをもらい受けることになり、やがて音楽家を夢みて旅立っていく、というストーリーであった。

「水島あやめ」というペンネーム誕生の経緯について、千年は知人宛の手紙に、「私のペンネームは、小笠原プロで、初めて作品が出来たとき、本名だと、学校を退校になるかもしれないので（そのころの目白は、きびしくて、沢村貞子さんなど、ちょっと新劇に出て退校になった）ペンネームをつけることにし、丁度、小笠原さんの広い裏庭の池に、花しょうぶが盛りだったので、わたしはその花が好きだったし、名前を「あやめ」にして、それに似合う「水島」を姓にしたのです」と書いている。この「街の曲」が「少年倶楽部」の八月号に掲載されたということは、花菖蒲が咲く六月ころには原稿が完成し、印刷にまわされていたにちがいない。

春に小笠原映研の門を叩き、それからわずか三、四か月後に人気雑誌掲載のチャンスがめぐってきたのであった。そして、この読み物で、千年ははじめて原稿料をもらっている。その額は知る由もないが、千年はこの切抜きを遺品に綴っており、文筆で自立したいと思っていた千年にとって、記念すべき作品であった。

もう一本のシナリオ「落葉の唄」は、小笠原映画研究所で映画化され、十一月二十二日に浅草遊園第二館で、映画関係者を招いて公開された。「キネマ旬報」大正十三年十二月十一日号の「主要映画批評」欄に、つぎのように紹介されている。

「落葉の唄（五巻）／小笠原プロダクション映画／原作者　國本輝堂氏／脚色者　水島あやめ嬢／監督者　小笠原明峰氏」。

この映画が公開された十一月に、小笠原映画研究所は小笠原プロダクションに改組していた。

この映画のストーリーは、主人公君子の姉が重い病気になって半年がすぎ、母は十分な保養をさせてあげたいと、義兄に相談する。しかし、拝金主義の義兄は、末娘の君子と交換に金を貸すという。夫から遺された愛娘を手放しがたい母は悩み苦しむ。姉の病気は日に日に重くなって行き、落葉の積もる頃には絶望だと医師に告げられてしまう。なんとしても姉の命を助けたい君子は、子ども心に落葉を積もらせまいと一心に拾うのだった、というものであった。

こうして、映画「落葉の唄」で、「脚色者　水島あやめ」というクレジットが、はじめて銀幕に登場したのであった。

ところで、映画「落葉の唄」は、シナリオを学びはじめて間もないはじめての作品だったこともあり、専門家の評価は「あわれな少女小説」で「淡いセンチメンタルが、この映画の凡てだ」（「キネマ旬報」大正十三年十二月号、佐藤雪夫評）と、きびしいものであった。しかし、「最初と最後のシーンは悲痛な気分があって落葉が雨と降る下に、可憐な妹娘が淋しく葉を拾って集めているのは哀愁の気がした。事件に従って段々と淋しくなつて行く趣きもかなりでていた」（「活動雑誌」大正十三年十月号）という評価もあり、趣きや余韻を持たせようとした千年のシナリオと明峰の演出は、それなりの出来映えであった。

千年は、自分の書いたシナリオが映画になって映し出されたのをみたのは、これがはじめてであった。専門家の評価の良し悪しは別として、後年になっても「その感激は、今でもわすれません」というほどに印象深いものとなった。

そして、たとえ映画の出来は未熟であろうと、きちんとした劇場で、映画関係者を招いて公開されたうえに、「キネマ旬報」や「活動雑誌」などの映画雑誌に批評が掲載されたことの意味は大きかった。この作品が存在するがゆえに、高野千年こと水島あやめは、わが国で最初の女性シナリオライターとなるのである（以後、高野千年を水島あやめと記す）。

というのも、この時期、もうひとりの女性が脚本家としてデビューすべく準備していた。日活の林義子である。林の最初の作品「慕い行く影」前編（日活京都第一部）が公開されたのは、大正十四年二月二十八日のこと。水島の「落葉の唄」公開から、三ヶ月のちのことであった。林には大正十三年二月に公開された「雨の山寺」という作品もあるが、これは原作のみであった。したがって、シナリオライターとしてスクリーン・デビューしたのは水島のほうが早かったのである。

シナリオライターの道と進路の葛藤

このようにして、水島あやめは映画シナリオライターへのチャンスをつかんだのであった。

しかし水島は、まだ二十二歳になったばかりで、女子大の四年生であった。あと数か月で大学を卒業しなければならない。小学校以来の十五年間の学生生活も終わり、ひとり立ちしなければならない。水島のこころは、不安と焦燥と葛藤で複雑に揺れていた。

そんな六月のある日、水島は母とふたりで、新宿の武蔵野館に映画を観に行く。「茶を作る家」（監督島津保次郎、松竹蒲田映画、大正十三年六月公開）という名作で、つぎのようなストーリーであった。

父は四人の息子の学費のために、先祖伝来たいせつにしてきた田畑だけでなく茶畑まで抵当に入れて育ててきたが、傾きかけた家を一緒にささえてくれるのは長男ひとりであった。次男は女学校の教頭に、三男は京都の富豪の養子に、四男は外国留学から帰国して学者になって、みな家を顧みようともしない。家の困窮はさらにふかまり、父親は家に放火し三千円の火災保険をもらおうとさえ思いつめる。そんなとき、長男が久々に帰ってきた末の妹に会ってほしいと父に願い出る。妹は都会の華やかさにあこがれて家出をし、歓楽街で芸者に身をやつしていたのだった。しかし、家の窮状と父の苦悩を知った妹は、家を救う三千円を得るために、みずから身を売ってふたたび歓楽街へ戻ろうと決心していた。そんなことをして得た金を、父が受け取るはずはないと思った長男と末妹は、三男が工面したと嘘をつく。そんな長男と娘の思いを知らない父は、頑として娘に会おうとしなかった。長男の取りなしの甲斐もなく、妹はひとり淋しく故郷を出て行くのだった――。

涙ぐましいラストシーンに、観客からため息がもれ、水島と母は言葉もなく、ただ眼を見合わせるのみであった。

映画を観おわった水島は、こんなことを思う。親が子に尽くすのは何のためか？　子が親の懐を飛び立って自由に生きるのは善か悪か？　親を助けるために、自らの身を苦界に落とすのは親孝行か、親不孝か？「分らない、分らない…」。水島は茫然としてしまう（「八つ手の蔭より」）。

映画が問いかけたものは、まさにいま、水島が突きつけられている問いであった。

水島の生家は、高等女学校と大学に進学した自分の学費を捻出するために、田畑や山林を売っておおくの財産をうしなっていた。そればかりでなく、異母兄たちは、家のために汗まみれになってはたらき、父の意向にしたがって腹違いの妹（水島）のために仕送りをつづけてくれている。そのおかげで自分は無事に大学を卒業できそうである。大学を出ることで教職の免状はもらえ、教師になることもできる。資金面でささえつづけてくれた異母兄を思えば、故郷にもどって学校の教師になり、経済的に自立することが一番のいい選択であることは重々わかっている。しかし水島は、安定した収入が約束されるわけでもないペンで生きる道を捨てることができずにいる。しかも、りっぱな小説家になると異母兄に宣言した道ではなく、大学からも世の良識家からも眉をひそめられる映画のシナリオライターになろうとしているのである。

これでいいのだろうか。これで自分の勉学をささえつづけてくれた父母と異母兄の恩に報えるのか。果たして親孝行なのか、親不孝ではないのか——。

二十二歳の水島は煩悶の日々を送っていた。

映画「水兵の母」、国民的話題になる

そんな水島に、また思いがけない知らせがとどく。水島が書いたシナリオがまた、映画化されることになったのである。

「落葉の唄」製作のかたわら、小笠原明峰はつぎの公開作品を何にするか頭をひねっていた。小笠原プロをアピールする興行用の映画を作りたいと考えていた。そこで思い立ったのが「水兵の母」の映画化であった。

「水兵の母」というのは、日清戦争の黄海海戦を舞台にした逸話で、わが子の武功を切に祈る母の真情と、それに応えようとする若き水兵を紹介したもので、原作者は、ほかならぬ明峰の父で海軍中将の小笠原長生《ながなり》であった。

日清戦争のとき、軍艦高千穂に乗り組んで黄海海戦等に参戦した長生は、戦後になってこのときの体験を「海戦日録」にまとめて高い評価を受けるが、「水兵の母」は、このなかのエピソードのひとつであった。明治後半から国定教科書の教材に採用され、日本国民なら知らぬ者がないほど有名なエピソードである。教育映画の製作を標榜する小笠原プロにとって、たしかに格好の素材であった。

この脚本化が水島ひとりに託されたのか、あるいは小笠原プロでシナリオを学ぶすべての学生たちに課題として出されたのかは明らかでないが、結果として水島の書いた脚本で撮影されるこ

とになった。

聞けば、海軍省が軍艦橋立をはじめ数隻の軍艦、それに水兵や海軍の施設などを提供してくれるばかりでなく、ロケも小笠原諸島で行うことになったという。海軍中将という小笠原長生の人脈によるものであった。想像もおよばない話に、水島はただ茫然と明峰のことばを聞いていた。

映画「水兵の母」は、秋から冬にかけて製作された。撮影は、海軍の巡洋艦橋立と本職の水兵約三百人をエキストラとして使い、また、戦艦長門を使って砲火の実写を大々的におこなった。さらに海軍省から、水雷学校の練習艦の第四駆逐艦四隻を演習の名目で一日自由に使っていいという許可をもらって撮影している。

こうして完成した映画「水兵の母」の試写会は、翌大正十四（一九二五）年一月十二日、披露宴をかねて上野精養軒で催された。

試写会には、来賓として東郷平八郎元帥、米内光政海軍大将、政界から高橋是清、犬養毅、床次竹二郎の巨頭たちのほか、おおくの名士が列席した。

来場者の名簿を見せられた水島は、めまいを覚えるほど驚いた。

国家の中枢をになう重鎮たちが来賓席に並び、各界の名士や映画関係者が一堂に会する光景は、とても一映画作品の試写会とは思えない。場内は、華やか披露宴というよりも、おごそかな空気に満ちていた。

上映は弁士山野一郎の説明ですすめられた。そして、上映が終わると、会場は賞賛の拍手につつまれた。

こうして、水島あやめが脚本した映画「水兵の母」のお披露目は、盛会のうちに幕を閉じた。

その後の展開もまた、水島の想像をはるかに超えていた。

原作者小笠原長生の記述（「小笠原長生全集五」）によると、つぎのようになる。

試写会のあとの一月十九日。「この映画は忽ち世間の評判となり、一月十九日には畏くも皇太子殿下並びに妃殿下の台覧を辱うするに至った」とあり、その翌日の新聞は、「両殿下にはいと御熱心に御観覧遊ばされ…御機嫌麗しく午後九時頃御退出になった」と報じた。

一週間後、試写会に参席した犬養毅逓相から長生のもとに、映画「水兵の母」は事跡命題ともに、善と美において世の道、人の心に及ぼす効果は多大であり、ここに謹んで国のため感謝いたします、という礼状（一月二十七日付）が届く。

そして、二月九日には大正天皇が静養先で天覧され、十二日には皇后陛下も台覧される。

この豪華な試写会と宮中のお墨付きの効果は絶大であった。映画「水兵の母」は各映画館で公開されるや、評判はまたたく間に全国へ広がった。プリントは五十本売れ、そのうち二十三本が地方に買われた。

こうして、水島の二番目の脚本作品「水兵の母」は、興行的に大成功をおさめ、小笠原プロダクションという小さな独立プロを一躍有名にしたのであった。

しかし、これほどの後ろ盾があり注目を浴びながらも、映画としての評価は惨憺たるものであった。「小笠原プロダクションがこけ脅しの大業な肩書を付けて発表した軍事劇であるが、内容は小学校の教科書にある小挿話に過ぎない。そうしてそれを素人ばなれのしない監督や、洗練されて居ない俳優によって長々しく見せられるのだから、大てい参ってしまう。最後の海戦の場面がちょっと見られただけでその他は全然問題にならない代物である」(「キネマ旬報」大正十三年三月一日号)。

いっぽう、「活動雑誌」(大正十四年三月)では吉山旭光が「海軍の後押しで海戦の場面は出色の出来。煙幕を使って敵艦が火災にかかり黒煙に包まれるあたりは物すごい」と認め、「とにかく何のかのと云っても個人の道楽仕事から脱却して斯界の競走場裡に出た小笠原プロとしては優秀作だろう」と、多少好意的な評価を述べている。そこには、絶大な支援をした海軍や宮中への遠慮もあったにちがいない。とはいえ、結局のところ古川緑波が言うように、明峰は「大変熱心な映画研究家」ではあるが、映画監督としてはまだ「アマチュア」の域を出ていなかったようである。

じつに散々な評価ではあった。しかし、日清、日露、第一次世界大戦の勝利によって世界の強国となり、産業が発展し近代国家として急成長した日本にあって、軍部の影響力はじつに大きなものがあった。愛国や忠孝の美談は国威発揚の意味でも体制の支援を得ることができ、国民には諸手を挙げて受け入れられたのである。

このように、水島あやめは日本女子大学での最後の一年間で、脚本家として急速に名前が注目されるようになっていった。

雑誌「少年倶楽部」に採用された写真物語「街の曲」は軽い読み物だったが、それでも生まれてはじめて原稿料をもらったわけで、脚本家の道に自信と希望を感じ得た転機となるできごとであった。そして映画脚本家としてのデビュー作「落葉の唄」は地味な小品だったが、二作目の映画「水兵の母」は国民的話題作となり、脚本家水島あやめの名前は、一気に全国にひろがっていった。あたかも、のどかな片田舎の川をくだっていた小舟が、いきなり大都会のまんなかを滔滔と流れる大河に漕ぎだしたようなもので、水島の周囲の風景を一変させた。

思い起こせば、シナリオをまなぶために小笠原映画研究所にかよっていた専門学生のなかには、水島のほかにも女学生がいたかもしれない。男子学生のなかには、才能にみちたものもいたことだろう。しかし、ペンで身を立てようという水島の決意は筋金入りであった。文字を読めるようになった幼少時から本を読みあさり、文字が書けるようになれば手当たり次第に物語らしきものを書きつづけ、小学校から高等女学校、そして大学にはいってからも、創作の想いをつよく心にいだきながら努力しつづけてきた。彼女の筆力は傑出したものがあった。そんな水島だったからこそチャンスがあたえられ、水島はそのチャンスをしっかりとつかみ取ったのであった。

水島は、関東大震災で見失いかけた経済的な自立とペンで生きる道を映画脚本に見出し、切り拓いていけそうな実感を得つつあった。

ここに至って、水島は「自分で選んだ道なら、どんな苦労でも、やり甲斐があるのではないか」(「八十年の夢」)と思い立ち、少女時代にいだいた小説家の夢をいったん棚上げし、映画脚本家の道へ進むことをはっきりと決心する。

取材攻勢に息をひそめて

映画「水兵の母」がたいへんな話題になったことで、水島の身辺はにわかに落ち着かなくなる。ペンネームの効果もなく、ほどなく大学内でも噂がたってしまう。

梅の咲くころ、同期生たちは、こんな会話をしていた。「貴女高野さんってご存じでしょう、私のクラスの」「ええ、あのおとなしい方でしょう?」「あの方ね、とても素敵よ。『水兵の母』という映画があるでしょう、あれは高野さんが脚色なすったんですって。私、甲府の葵館で見たことがあるんですよ」「そう。よくお書きになるわね、文科でもないのに」。さらに「卒業なすったらすぐ蒲田の脚本部へお入りになるんですって」ということまで噂されるようになる(「高野さんの印象」)。

卒業を目前にひかえていた。

日本女子大学では、学生が舞台や文学など芸術活動にかかわることをきびしく禁じていた。映画などはその最たるもので、人びとを堕落させるいかがわしいものとして、映画を観に行くことさえも禁じていた。

日本女子大学は、かつて国中から冷笑をともなったはげしい批判にさらされた歴史をもっている。平塚らいてうらが興した雑誌「青鞜」の創刊と、その後に展開された一連の「新しい女」たちの騒動である。そんな日本女子大学が、退廃的な娯楽である映画のシナリオを書いているという水島にかんする噂を見過ごすはずがない。水島が雑誌やスクリーンに脚本家として自分の本名がでることをおそれて「水島あやめ」というペンネームに変えたのは、こうした心配があったからであった。

水島には一生護っていくと決めた母がいるし、高等女学校をあわせると八年ものあいだ高等教育を受けさせてくれた父母と、その親の意向に、心ならずもしたがって仕送りをつづけてくれた異母兄のことを思えば、途中で大学をやめることなど考えられなかった。

しかし、大学内の噂だけではすまなくなった。新聞社からインタビューの依頼がきたのである。水島は、こう書き残している。

「これ（「水兵の母」）が浅草封切の時から大当たりで、小笠原プロは一躍有名となり、私は、女性シナリオライター第一号というわけで、大いに気をよくするはずでしたが、それどころか、思いがけない各新聞社のインタビューに、私も母も蒼くなってしまいました。何しろ、学校では、映画見物でさえ禁じられていた頃なので、もし、そんな興行物を書いたことなどが学校に知れたら、きっと退学になるに違いないと思ったのです。そのために、つまらぬペンネームに隠れてやっていたのですから、私と母は、文字通り、各紙の記者氏に手を合わせて『もう少しで卒業ですから、どうぞ、それまで新聞に出さないで下さい』と、哀願懇願いたしました。お陰で無事にすみましたが……」（「息苦しかった時代」、括弧内は著者）。

ふたりが必死に懇願した甲斐あって、記事の掲載は、どうにか見送られた。
残されたわずかな大学生活を、水島は祈りながら息をひそめてすごす。
こうして大正十四年三月二十七日、水島あやめは無事日本女子大学を卒業した。

五、あこがれの女流脚本家・水島あやめの青春

~東洋のハリウッド・松竹蒲田撮影所から全国のファンへ~

フィルムの中の水島あやめ
(撮影スタッフと)

城戸四郎と松竹蒲田につどう若き映画人たち

大正十四年春、日本女子大学を卒業した水島あやめ(二十二歳)は、クラスメートが噂したように、松竹キネマ蒲田撮影所の脚本部にはいった。水島も「卒業後は、私は松竹キネマの脚本部に入れて頂き、やっぱりシナリオの勉強をしたのです」(「息苦しかった時代」)と書いている。

このころ松竹蒲田では正式の入社試験などはなく、おおくの場合、紹介や伝手による縁故採用で、最初は見習いとして働くことからスタートしている。水島自身も「松竹キネマの脚本部に入れて頂き、…シナリオの勉強をした」と書いているように、蒲田脚本部の「見習い所員」という

身分であった。

では、水島は誰の紹介によって、松竹蒲田脚本部にはいることができたのだろうか。いくつかの可能性が考えられる。

まず挙げられるのが、活動弁士の徳川夢声と山野一郎である。夢声は蒲田撮影所の所長城戸四郎の一中時代の同期であった。そして夢声も山野も、かつて小笠原プロダクションでシナリオ勉強会の講師をしており、水島はその教え子のひとりであった。女子大在学中に、「落葉の唄」で日本初の女性脚本家としてデビューし、国民的話題作となった「水兵の母」のシナリオを書いた水島を、ふたりが（あるいはどちらかが）松竹蒲田に紹介したのではあるまいか。

あるいは、城戸四郎自身が、直接水島に声をかけたのかもしれない。水島が脚本した映画「水兵の母」の試写会は上野精養軒で催されたが、この精養軒は城戸四郎の実家であった（城戸の幼少時は築地にあった）。昭和十三年に蒲田撮影所の所長に就任した城戸は、日本映画の質を高めるにはシナリオを充実させなければならないと認識しており、シナリオライターの育成を考えていた。そして、女性向きの映画の製作にも関心をもっていた。女子大生シナリオライター水島あやめに注目した城戸が、上野精養軒での「水兵の母」の試写会をきっかけに、「蒲田で脚本を勉強してみないか」と、直接水島に声をかけた可能性も、まったく否定できない。

もちろん、これらはすべて推測の域を出ていない。しかし、いずれの伝手であったとしても、水島自身が脚本家になって自立することをつよく希望していたことと、国民的話題作になった映画「水兵の母」の成功が、水島の蒲田入りの道をひらき、おおきく後押ししたことは間違いない。

では、脚本家見習いとして、どんな仕事をしていたかというと、かつて大船撮影所時代に城戸のもとでプロデューサーとして活躍した升本喜年は、それは脚本をコピーする仕事だったたであろうという。当時の映画製作には、撮影台本をカーボン紙で複写する仕事が不可欠で、常時三名の女性が、この仕事を担当していた。

台本の複写は、そのままシナリオの教材となる。そして脚本部には、日本のみならず欧米諸国の映画関係の書籍や新聞、雑誌などの資料が集められており、三名の女性はそれらの資料を整理したり、脚本部員に資料を提供する役割もになっていた。さらに、蒲田撮影所には業界トップの設備が整っていて、企画から撮影、編集そして公開に至るまで映画製作のすべての工程を見ることができる。プロのシナリオライターを目指す水島にとって、最良の環境であった。

水島がはいった蒲田脚本部は、三十歳の所長城戸四郎が中心となって、若き映画人たちが日夜映画づくりに邁進していた。

この時期の松竹蒲田には、以下の監督や脚本家、俳優たちが所属していた。

〔監督〕島津保次郎、牛原虚彦、吉野二郎、池田義信、蔦見丈夫、五所平之助、豊田四郎、重宗務、大久保忠素、清水宏、斎藤寅次郎ほか（小津安二郎は兵役に行っており、成瀬巳喜男はまだ助監督であった）

〔脚本家〕吉田百助、野田高梧、吉田武三、落合浪雄、小田喬、村上徳三郎、北村小松、武田晃ほか

〔撮影技師〕桑原昂、水谷文次郎、野村昊、三浦光男、小田浜太郎、茂原英雄ほか
〔男優〕井上正夫、諸口十九、鈴木伝明、岩田祐吉、渡辺篤、奈良真養、新井淳、島田嘉七、野寺正一、武田春郎、藤野秀夫、小林十九二、河村黎吉、森野五郎、日守新一、国島荘一ほか
〔女優〕松井千枝子、栗島すみ子、川田芳子、柳さく子、東栄子、筑波雪子、英百合子、飯田蝶子、林千歳、三村千代子、高松栄子、二葉かほる、千草みどり、田中絹代ほか
〔子役〕小藤田正一、高尾光子、藤田陽子ほか（『松竹百年史』）

これまで名前のあがった監督と脚本家に、水島を加えて、生れた年の順でならべてみる。

池田義信（監督、一八九二年生まれ）
野田高梧（脚本家、一八九三年生まれ）
城戸四郎（撮影所長、一八九四年生まれ）
大久保忠素（監督、一八九四年生まれ）
牛原虚彦（監督、一八九七年生まれ）
島津保次郎（監督、一八九七年生まれ）
北村小松（脚本家、一九〇一年生まれ）
五所平之助（監督、一九〇二年生まれ）
清水宏（監督、一九〇三年生まれ）
小津安二郎（助監督、一九〇三年生まれ）
水島あやめ（脚本部見習い、一九〇三年生まれ）

斎藤寅次郎（監督、一九〇五年生まれ）
成瀬巳喜男（助監督、一九〇五年生まれ）
こうしてみると、二十二歳の水島あやめは清水宏や小津安二郎と同じ年の生まれであり、五所平之助や斎藤寅次郎、成瀬巳喜男とは一歳か二歳ちがいだったことがわかる。「キネマの青春期」と呼ばれるこの時代をになっていたのは、二十代前半から三十代の、まさに若き映画人たちであった。彼らは昼夜を分かたず、あたらしい大衆娯楽の花形である映画づくりに、青春の日々を送っていた。水島あやめは、そんな彼らの一員に加わったのである。

ところで、震災の被害から復旧した松竹蒲田は、撮影が軌道に乗った大正十四年の三月、機関紙「蒲田週報」の発行をはじめる。その創刊号の巻頭で城戸は、蒲田撮影所は「東洋のハリウッド」であると宣言。すでに刊行されていた雑誌「蒲田」などとともに、撮影所の日々を魅力的に発信する。すると、震災前まで銀座にくりだしていた人々が蒲田にやってくるようになった。震災で壊滅的な被害をうけた銀座一帯は、復興に時間がかかっていたのである。

蒲田銀座と呼ばれる駅の東口通りには、毎週末になると夜店が並び、おおくのファンが銀幕のスターを見たさに東京三十五区から集まってきた。電車を乗り継いでくる者や、なかには銀座や浅草あるいは新宿あたりから円タクで乗りつける者たちさえあって、そうした人びとで溢れた夜店の人込みは歩けなくなるほどであった。そして、蒲田の街は銀座にかわって流行の発信地となり、時代の最先端に躍り出ていった。

彼らを引き寄せる求心力の源は、もちろん蒲田撮影所のスターたちであった。

水島も、「私が入所したころは、所長はじめ、大スターたちも、みんな電車で往復し、駅から歩いたものだった。だから、お天気の日など、スターたちを一目見ようと、そして、アワよくば、ブロマイドなどに、サインして貰おうと、この橋（松竹橋）の手前あたりの道の両側は、桃われや結綿に結った娘さんたちで、いっぱいだった。『スターでないと、フンと、横を向きやがる』と、脚本部員たちは、いつも大フンガイだった」（「思い出の切抜き集」。括弧内は著者）と、当時の蒲田のようすを書き残している。

松竹蒲田で製作され公開された作品数は、撮影所開設の年である大正九年には四本に過ぎなかったが、その後十年には八十二本、十一年に百十七本と百本を超える。しかし関東大震災で被害を受けたことから十二年には七十八本に減少し、翌十三年も六十五本と少なかったものの、水島が蒲田脚本部に入った十四年には九十本に増え、さらに翌十五（昭和元）年には百八本と、ふたたび百本を超える映画を製作するようになる（短編、封切未詳作品を除く）。

松竹蒲田は、映画の製作本数のみならず設備の規模、所属俳優の数においても、先行の日活を凌駕し、日本映画界のトップ企業になりつつあった。

松竹キネマ蒲田撮影所は、「夢の工場」「キネマの天地」「東洋のハリウッド」といく重にも形容されるほど、人びとのあこがれの的であった。そして、サイレント映画の黄金期を迎えようとしていた。

松竹蒲田の脚本家デビュー作「お坊ちゃん」と正式採用

水島あやめの、松竹蒲田脚本部での見習い所員としての日々がはじまった。
毎週二本の映画を配給するには、それに応じられる数の作品の企画と撮影が並行して進行していなければならない。それらすべての作品は、かならず脚本部をへて撮影台本にまとめられる。そのコピーを担当する三名の女性のひとりとして、水島は忙しく働いていた。

そんな水島の蒲田脚本部入所一年目には、さまざまなできごとがおこった。
まず、水島が松竹蒲田にはいってわずかひと月後の五月二日に、小笠原プロダクションが解散した。水島がシナリオを書いた映画「水兵の母」は大ヒットし、連日超満員で十万円儲かったが、経理をまかせておいた支配人が不正をはたらき、この利益をすべて持ち出して姿をくらましてしまったのである。さらに他の作品も、学内騒動を扱ったことで検閲に引っかかるなど失敗つづきで、経営が行き詰まってしまう。こうして、創立以来急速に発展し、今後を期待されていた小笠原プロは、わずか二年あまりで消滅してしまう。

小笠原プロ解散の顚末について、水島自身は「(やっぱりお坊ちゃん仕事はだめだ)ってことを、裏書きしたわけです」(『映画の話＝(9)』)と、さめた気持ちで受け止めていた。とはいえ、ペン一本で自立の道を切りひらこうと決意した自分を受け入れ、脚本家としてデビューさせてくれて、さらに「水兵の母」という国民的話題作で脚本家として名前を世に知らしめてくれた小笠原プロダクションが解散したことは、水島にとって残念なできごとであった。

ところが、この小笠原プロダクションの解散が、水島につぎの展開をもたらした。雑誌「白樺」の同人近藤経一（一八九七〜一九八六）が、小笠原明峰に声をかけて「特作映画社」を設立。第一回作品として「極楽島の女王」という冒険活劇の製作をきめる。この「極楽島の女王」のシナリオは、水島が小笠原プロ時代に書いたものであった。

この映画の撮影は、夏ごろに井之頭の駅頭や房総の勝浦などで撮影をおこない、十一月には小笠原島に渡って三日間のロケを敢行、その後犬吠崎でロケをおこなって完成する。水島も、井之頭や房総のロケを見にいっている。監督は小笠原明峰、撮影は松竹蒲田を辞めた小谷ヘンリーと碧川道夫の師弟コンビ、主役には日活で活劇女優として注目されていた高島愛子、準主役に内田吐夢（のちの名監督）、栗原トーマス、龍田静枝、子役の小桜葉子らが出演した。

ストーリーは、極楽のような島に老人と娘が暮らしていたが、ある暴風雨の夜、一人の男が海岸に打ち上げられ、娘に救われる。男は娘を誘って島を出てしまう。じつは、この娘は富豪の長女で莫大な遺産を相続できる立場だったのである。しかし行方不明になっていたため、妹がそれを相続することになっていた。男は娘が正当な相続人であることを主張し、財産を横取りしようと企てる。男のたくらみを知った娘は、盛大な紹介の席上で突然礼装を脱ぎ捨て、島の暮らし同様の半裸になって悪漢どもを投げ飛ばし、老人の待つ島へ帰っていく、という活劇ものであった。

完成した映画は、十二月二十六日に帝国劇場で公開されたが、残念ながら失敗作という烙印が押された。監督した小笠原明峰自身も「駄作」だったと認め、撮影を担当した碧川道夫も「惨敗」

だったと告白している。

評論家の鈴木重三郎は「文明の虚飾と汚濁とに対する反抗、人間真情の清らかさ美しさ、それを一篇のメロドラマに託して語ろうとしたのがこの映画のテーマであるというが、その取扱い方はただひたすらに俗受けのみを狙いたる結果、安価な冒険小説的興味は持っているが、芸術的云々などというものは薬にし度くも見当たらない。尤もそれで、この映画の目的は達しているのであるが」(「キネマ旬報」大正十五年二月一日号)ときびしく批評している。

明峰のアイデアをもとに苦労して脚本を書いた水島は、この映画で「文明の虚飾と汚濁とに対する反抗」と「人間真情の清らかさ美しさ」を表現したかったという。このテーマは、雑誌「面白倶楽部」の懸賞で当選した歴史小説「形見の繪姿」を想起させる。しかし映画では、そのねらいはうまく表現しきれなかったようである。失敗の原因が水島の脚本の未熟さにあったのか、あるいは小笠原明峰の監督手腕の未熟さにあったのかは判然としない。

「落葉の唄」「水兵の母」と、自分の脚本がつづいて映画化され、しかも二作目の「水兵の母」は思いがけぬ大ヒットとなった。そして特作映画社の旗揚げを飾る第一作にも、自分の脚本「極楽島の女王」が採用される。それは母を抱えて生きていこうとする水島にとって、うれしいできごとの連続であった。

水島のなかに、脚本を書いていくことに自信と誇りが芽生えはじめていた。自分の書きおろしたシナリオを映画にするために、多くの人びとが立ち働くようすを見ながら、水島は「自分の書いたたった一行の場面を現わす為に、監督、俳優は勿論の事、その他の沢山の人々まで、火の出るような努力をつくすのを見る度、ほんとうに一行なりと一言なりと、おろそかな筆は下ろせない」としみじみと思う。そして「自分の心にのみ画かれて居る幻の人、私が作り上げた空想の人間―それが現実に活躍」し、実際の人としてスクリーンに現われるという映画に、「おお、こんな嬉しい事が他にあろうか。何という喜び、何という満足。それ故にこそ、如何に苦しくとも、書く事が止められないのだ。辛さも苦しさも、出来上った映画の試写を見た瞬間、すっかりと一洗されて了う。例えそれが欠点だらけのものであっても…」(「或る一日のこと」)と同窓生に書いて送るのであった。

シナリオを書くことのむずかしさとやり甲斐。それが映像になっていく喜びと満足感。三作目にして、早くも水島はシナリオを書くことの素晴らしさを実感していた。そして、「他人が見たら馬鹿とも見えよう。可笑しくも思いよう、或は眉をひそめて卑しむ人もあろう。しかし、自分は真剣なのだ。自分は決して自分の仕事を卑しめはしない。芸術へのあこがれを固く抱きしめつつ、貧しいものでも書いて行ける此の頃の生活を、私はしみじみと満足に思う」と心境を綴っている。

母校の長岡高等女学校は、「良妻賢母」の育成を教育の柱にすえていた。水島はそこでの四年間を寄宿舎で送ったが、その舎訓に「質朴恭倹を旨とし、いやしくも驕奢の挙動あるべからざる事」の一条が含まれている。だから、生徒の映画館の出入りはかたく禁じられていた。そのころから活動写真に興味を抱いていた水島は、父や母が所用で長岡に出てくると、こっそりと町の映画館に連れて行ってもらった。しかし学校に知られるのが怖くて、上映の合い間に場内が明るくなると椅子に深く座って小さくなっていた。長岡は新潟県で大きな町とはいえ、当然まだ規制はきびしかった。そんな母校の同窓会報に、映画の世界に身を置く自分を、誇らしげに報告している。

さらに、こんなこともあった。

この年の八月、雑誌「料理の友」の懸賞に、水島が応募した小説「涙涸れねど」が二等（甲）賞に当選する。賞金は五十円であった。この小説は、主人公の京子が、親友八重子の兄哲也、そして幼馴染みの道夫とのあいだで揺れ動く女心を描いた通俗小説で、翌年一月号まで六回にわたって同誌に掲載された。さきに紹介した水島の自伝的小説「初雪」に描かれたエピソードである。

そして、このあいだに水島母娘は、池袋の雑司ケ谷から蒲田撮影所にちかい矢口町下丸子五二七番地（当時）に引っ越している。

この一年には、もうひとつエピソードがある。それは、松竹の歴史に記録されるほどのできごとであった。

「松竹百年史」の大正十四年の記述に、「四月十五日に渡米した諸口十九《つづや》が、欧米各国の映画界見聞を終えて帰ってきたのは九月二十六日である。諸口は、帰国後の第一作に喜劇を選び、その脚本を一般から募集し、入選作として水島あやめ作「お坊ちゃん」を得た。作者水島はこれを機会に、蒲田撮影所の脚本部に入った」とある。

諸口十九というのは、松竹蒲田一の人気男優である。その諸口が、半年におよぶアメリカ視察から帰国して、第一作目の主演映画の脚本を自費で公募する。応募三千余作のなかから水島の作品「お坊ちゃん」が一等になり、それによって水島は蒲田脚本部に正式に入社することになったというのである。「蒲田週報」大正十五年一月二十四日号に、「諸口十九の脚本募集当選者水島あやめは脚本部に入社」と告知され、「キネマ旬報」でも公表されて、全国の映画ファンのあいだで話題になった。

さて、当初、人気男優の個人的な脚本公募というかたちでスタートした「お坊ちゃん」の映画化は、その後、松竹蒲田撮影所が総力をあげて取り組む一大プロジェクトへと変貌していく。所長の城戸自身が製作の総指揮を執ることになり、水島は原作者に、そして脚本は吉田百助と島津保次郎の二名、監督は島津保次郎、蔦見丈夫、五所平之助の三名、撮影は桑原昴、野村昊、三浦光男の三名という大がかりな体制になる。さらに、主演の諸口十九をはじめとして、岩田祐吉、新井淳、藤野秀夫、岡田宗太郎、水島亮太郎、野寺正一、渡辺篤、英百合子、筑波雪子、林千歳、飯田蝶子、松井千枝子、田中絹代など、蒲田所属の男優女優が総出演する、いわゆるオールスターキャストになった。

こうしてスタートした撮影の過程は、その後「蒲田週報」をはじめ、さまざまな映画雑誌にこまめに報告されている。全配役が二度も発表されたり、大セットの撮影や大々的なロケを敢行したり、蒲田撮影所の一大プロジェクトの成功にむけて秘密を守るために撮影所の見学も禁止している。こうした取り組みは、映画ファンの好奇心を、いっそうあおった。

このころ、ひとつの映画製作のプロセスを、これほど詳細に発信し宣伝している例はきわめて珍しい。そして、これらの経過報告は、ほぼすべて、冒頭にかならず「原作水島あやめ」とあってからはじまっている。

映画「お坊ちゃん」は、大正十五年五月一日、浅草電気館で公開された。

ストーリーは、おおむねつぎのようなものであった。大学を出たばかりで世間知らずの「お坊ちゃん」が、父の経営する建築会社の社長に就任する。しかし大会社の社長となったことに有頂天の彼は、周囲のお世辞にいい気になったり女子社員に無邪気な恋をしたり……。ところが会社の新築した公会堂が、竣工祝賀会の最中に、社員の不正工事が原因で崩壊してしまう。そのうえ、父が旅先の満州で馬賊に襲われたという知らせが届く。世間のきびしさを知り、自分の愚かさと無力さを痛感した彼は決意する。「俺はお坊ちゃんだった。よし。これからは自分の力で、この公会堂を立派に再築して見せる」。心を入れ替えた彼は見事に公会堂を建て直していく、というもので、「喜劇の大社会活劇」と銘打たれた。十五巻の大作であった。

封切館の浅草電気館には、出演した女優たちが交替で手伝いにいっている。

人気スター諸口十九の帰国第一回主演映画、総額一千円の高額賞金がかけられた脚本公募の一等当選作品、わが国初の女流脚本家水島あやめ原作、城戸四郎総指揮による社会劇の超大作、松竹蒲田のオールスターキャスティグ、撮影所の見学の禁止と秘密裡の撮影、脚本公募から半年、撮影に三か月という異例の月日をかけて製作した一大プロジェクト、大々的かつこまめな宣伝そして宣伝……。

大震災から復興した東京で一番の歓楽街、浅草六区の映画館街は、いつものように人出で賑わっていたが、ことに浅草電気館のまわりには数え切れないほどの人々が押し寄せた。

反響はおおきかった。「興行価値充分。それに見物人が皆んな大入でギュウギュウいっているのに喜んでいるのなど心強い」（「キネマ旬報」大正十五年六月一日号）。そして「蒲田週報」は、「◆高評のお坊ちゃん◆　アメリカ及び欧州のキネマ界を研究し昨年帰朝し斬新な技巧と演出法を用ひ我社が犠牲的努力を払つて四月二十七日愈々完成した社会劇「お坊ちゃん」は浅草電気館にて公開と同時に民衆的娯楽価値を認められている」（大正十五年五月二日号）と自画自賛した。

ところが、城戸が仕組んだ仕掛けは、これで終わらなかった。

五月四日には東都八大学映画研究会主催の「お坊ちゃん鑑賞会」がカフェー聚楽で催された。そして、雑誌「映画時代」（七月創刊号）では合評会も行われている。総指揮をとった城戸は、合評会の参加者に、この映画は「喜劇の大社会劇」という大規模のエンターテイメントとして製作したことを強調し、したがって芸術的にみないでほしいとお願いした。城戸の発言に応じて、森岩雄は「あのベン・ハーにも比すべき大セットには感服した」と認めるなど、いくつかの肯定的な評価は得られたものの、いっぽうで、古川緑波からは「しかし脚本がいけない。脚本がもう少ししっかりしていたら、もっと面白いものになったに違いない」という指摘も受ける。

この映画は、一般の観客にはおおいに受け、興行的には成功をおさめることができたものの、あまりに多くのことをねらったことから破綻が生じ、専門家からは必ずしも及第点をもられる出来ではなかった。しかし、考え得るかぎりのアイデアを盛り込み、異例の長い月日と厖大な費用をかけて、松竹蒲田の総力をあげて製作された映画「お坊ちゃん」は、結果は「三週続映」という大ヒットとなり(「松竹百年史」大正十五年の項)、水島あやめの名は、ふたたび全国の映画ファンに知られることとなった。

ところで水島は、脚本家デビュー作の「落葉の唄」と二作目「水兵の母」、そして三作目の「極楽島の女王」について、母校長岡高女の同窓会報や知人宛ての手紙、切抜き集への書き込みなどで、そのときどきの心境やようすを書き残してきた。しかし、四作目となる「お坊ちゃん」は話題性のたかい超大作で、水島自身も注目され、しかも「東洋のハリウッド」松竹蒲田脚本部に正式に採用されるきっかけとなった映画であるにもかかわらず、ただのひと言の記述も残していない。

城戸は自著「日本映画傳」のなかで、「『お坊ちゃん』など、脚本は僕の原案で、表面は水島あやめという閨秀作家の作という形をとった」と明記している。一等に当選した作品が、ほんとうに城戸の原案をもとに水島によって書かれたのか、あるいは文字通り名前だけを使った「形」ばかりのものだったのか不明である。たとえ水島が書いたとしても、総指揮者である城戸の意向でさまざまな手が入り、映画の完成時点では、そのオリジナリティは微塵も残っていなかったにちがいない。こう考えれば、水島がこの映画に何の思い入れも抱かなかったのはうなずける。

城戸が、この一大プロジェクトを敢行したのには、いくつもの理由があった。蒲田映画が陥っていた新派調路線のマンネリ化からの脱皮、娯楽性に富んだ欧米映画のキャッチアップ、人気スターに依存するスターシステムから脚本と監督を重視するディレクターシステムへの移行、明朗で快活な市民映画の構築、日本の基準映画の創造……、さらには、城戸の所長としての撮影所内における人心掌握と体制の構築ということも挙げられる。城戸は、洋行帰りの諸口十九を活用して押し寄せる外国映画に負けない大作を作り、大ヒットさせることによって、これらさまざまな課題を一挙に克服しようとしたのであった。それ故、みずから総指揮を執ったのであった。

くわえて、城戸のねらいのなかには、蒲田脚本部に正式に採用した「日本初の女流脚本家水島あやめ」を、大々的に売り出すこともふくまれていた。この目的は、映画が全国の映画ファンの関心をあつめ大ヒットしたことで、充分に達成されたのであった。

このように、きわめて特殊な経緯で企画製作された映画「お坊ちゃん」の大ヒットをへて、水島あやめは晴れて松竹蒲田脚本部の正社員となった。それはシナリオを書くことを仕事とする「プロの脚本家」になれたことを意味している。ただし、プロといっても現代のように独立した職業ではない。映画会社の一社員として月に定額のサラリーをもらいながら脚本を執筆し、脚本が映画化されると別途手当が支給されるシステムになっていた。

このことによって、水島は母とふたりで生きていくための安定した収入の道を確保し、経済的な自立の一歩を踏み出す。

そして「何しろ世間知らずの上に、映画の本質もよく分からないような幼稚な人間だったので……実に難行苦行」（「息苦しかった時代」）したものの、「私の一生のうち、多分、最もたのしく、最も苦しかったと思われる時代」（「皆さま！　お久しぶり」）だったと、水島が述懐する松竹蒲田の十年間がはじまったのであった。

はじめての原作脚本映画「母よ恋し」と城戸四郎のプロデュース

完成が間近にせまった「お坊ちゃん」への関心の高まりを横目に、城戸は、水島あやめの売り出しにむけて、つぎの手をうっていた。

映画「お坊ちゃん」は、「三週続映」の好成績をおさめて五月二十一日に終了した。そして二十三日に、おなじ浅草電気館で封切られたのが、水島のはじめての原作脚本映画「母よ恋し」であった。ということは、「お坊ちゃん」の追い込み、公開と並行して、「母よ恋し」の企画と撮影がなされていたことになる。

「母よ恋し」は五所平之助が監督し、新井淳、秋田伸一、八雲恵美子、子役の高尾光子、藤田陽子らが出演した。

松川家の令嬢房子と書生西村清は恋人同士で、房子が父に、清との結婚の許しを願い出ると、かえって父の逆鱗に触れ、清は松川家を追い出されてしまう。一緒に連れて行ってほしいという房子を振り切り、清は姿を消す。数日後、房子のお腹に小さな生命が宿っていることがわかる。そして房子は、産んだ娘を義父のもとに残して家を出る。数年後、再婚した房子は娘洋子をつれて海辺の別荘にやってくる。別荘には洗濯屋の老人幸作が出入りしており、おつゆという名家からもらい受けた孤児をつれてやってくる。やがて、おつゆは房子や洋子と仲良くなるが、洋子が房子に甘える姿をみて、父も母もいないおつゆは悲しくなる。そんなある日、幸作のもとに十数年も行方知れずになっていた一人息子から電報が届く。翌朝、おつゆから父の名前が「西村清」と聞いた房子の顔色はみるみる変わる。しかし、自分が本当の母だと名乗ることができなかった。数日後、房子は幸作と清とおつゆを乗せて神戸にむかう自動車を、丘の上で涙ながらに見送る、というストーリーであった。

前作「お坊ちゃん」にはひとことも記録を残さなかった水島は、この映画にかんするコメントを書き残している。遺品の切抜き集の一頁に、「母よ恋し」の一場面を紹介した雑誌記事（「芝居とキネマ」）が貼られている。おつゆ（高尾光子）が自分の娘だと知った房子（八雲恵美子）が、こころを乱されている場面と思われる。

この切抜きに、水島は「これはわたしが松竹キネマ入社第一回のシナリオ。新派大悲劇とでもいうようなものであった」「この映画が大あたりだったので、それから私は光ちゃんと組んで、いわゆる『お涙頂戴』ものを、次々と書かされたのだった」と書き残している。

短い書き込みではあるが、脚本家水島あやめにとって重要なワードがいくつも入っている。ひとつは、この映画は「新派大悲劇」の「お涙頂戴」もので、「大あたり」したということ。もうひとつは、「光ちゃん」こと子役高尾光子とのコンビが誕生したことである。この二点で、水島のその後の方向性がきまった。

蒲田撮影所に所属している子役のなかで、もっとも人気の高かったのが高尾光子であった。一重まぶたの日本人好みの愛らしさで、悲劇の子役として人気が高く、純真可憐なあどけない演技は水島の作品にマッチした。水島は松竹蒲田で二十八本の映画の原作や脚本を書いているが、高尾光子はそのうち十四本に出演しており、そのほとんどが主役か重要な役割を演じている。高尾は水島映画にかかせない子役となった。

そして、粗筋でわかるように、毋房子とその娘おつゆを主人公とした母と娘の情愛を描いたストーリーは、いわゆる新派劇の流れを組んだ「母もの」映画であり、婦人層のこころの琴線をおおいに刺激したのであった。

この映画のヒットをきっかけにして、水島と高尾のコンビの映画は、一九二〇年代後半の蒲田映画において、人気路線の一翼をになう存在となっていく。

ところで、城戸は「スターづくりの名人」ともいわれていた。

「スターというものは、要するにうまれるものではなくて、つくられるものである」というのが城戸の持論であった。その戦略については「一番卑近な方法は鳴物入り、おみやげ入りで、いろいろなゴシップを飛ばしたりして、これから売ろうとするスターを新聞、雑誌、放送、あるいは常設館のニュース、パンフレット、商品とのタイアップなどで、引っきりなしに売り込むことだ」といっている。さらに「スターを売り出したら、たてつづけにトントンと映画に出すことだ。いくら人気が出ても、ポツンと一つ出て評判になっているうちに消えてしまい、また思い出したようにポツンと出るのではしょうがない。いろいろな役で、とにかくトントン、トントン出してやる。その調子をすくなくとも一年はつづける。長くても二年はいらない。僕の経験からすれば、すくなくとも一年に七八本は出さなければならない」(『日本映画傳』)ともいっている。

スターではないが、映画「お坊ちゃん」封切のあと、水島の作品はおよそ一年の間に七作が企画され、うち六作が公開されているが、それも同じ手法がとられている。女流脚本家水島あやめの二年目は、プロデューサー城戸四郎のシナリオにもとづいて進められていく。その第二弾が映画「母よ恋し」であった。

「母よ恋し」のあとに企画されたのは、飛行機をつかったスケールの大きい「冒険もの」であったが、この撮影は途中で立ち消えになった。つづいて製作されたのが「いとしの我子」（九月二十一日封切、原作水島あやめ、脚本監督五所平之助）で、その後「曲馬団の少女」（十一月六日封切、原作脚本水島あやめ、監督鈴木重吉・斎藤寅次郎）、「愚かなる母」（十二月一日封切、原作脚本水島あやめ、監督池田義信）、「恋愛混戦」（昭和二年一月五日封切、原作脚本水島あやめ、監督島津保次郎）と、城戸のいう「トントン、トントン」と製作、公開されている。

水島が原作と脚本の両方を書いた作品も徐々に多くなっている。そして、社会劇や冒険活劇、母もの、恋愛ものと、いろいろなジャンルで企画製作されているのもまた、城戸のスターの売り出しの手法にのっとっている。城戸は、幅広いジャンルのシナリオを書ける脚本家に、水島をそだてたかったようである。

水島あやめが原作脚本の両方を書いた「母よ恋し」は、婦人層の涙腺を刺激し「大あたり」した。それが城戸に評価され、子役の高尾光子とのコンビで「お涙頂戴」ものを、つぎつぎと書かされるようになった。つづいて公開された水島の作品「いとしの我子」「曲馬団の少女」「愚かなる母」も、すべて母や娘を主人公にした「母もの」「少女もの」映画であった。

松竹蒲田が力をいれた「女性映画」とは、「恋愛メロドラマ」と「母性愛映画」を総称したものである。水島は生涯で三十二作の原作や脚本（あるいは両方）を書いて映画化されているが、その大半が母、娘、（少年）少女を主役とする「母性愛映画」のカテゴリーにはいるものであった。水島の生い立ちが影響していると思われる。

映画雑誌は、これらの水島の「母性愛映画」について、つぎのように高い評価を与えている。「曲馬団の少女」については「全篇涙に満ちた映画」（「蒲田週報」）、「此の種映画を泣きに来る人々を対象とするなら…成功」「受けるものです」（「キネマ旬報」）。「愚かなる母」については「デリケートな筋で流石に女性でなければと思わせる描写」であり、「喜びの内に涙あり涙の内に笑いありあやめ女史近来の傑作」（以上「蒲田週報」）、「涙―涙―涙…御婦人向けに受ける映画」（「キネマ旬報」）と、このジャンルの水島の適性を認めている。

城戸が蒲田撮影所の所長に就任した大正十三年当時、蒲田の映画は野村芳亭前所長が主導してきた新派調悲劇のマンネリ化が表面化しており、城戸は「ハンカチ持参で、映画館に悲劇を見に行くのもよいが、すべての映画を、そういう泣きたい客のために作るのは、面白くない。娯楽とは、明るく健康的なもの」でなくてはならないと、新派調からの脱皮を提唱した。しかし、新派調悲劇をまったく否定していたわけではなく、興行を成り立たせるひとつのジャンルとして認めていた。水島が得意とした「母もの」「少女もの」は、この野村芳亭の系譜に属している。

城戸が女性向きの映画に力を入れたのには綿密な戦略があった。

ひとつは、女性解放の気運が高まる世相にありながら「女性は旧来の道徳観念に羽がい締めになっていることから、いろいろな劇的要素が生まれた」ことを踏まえて「母性愛というものを特に重視して、いわゆる母親の愛情というものは、いろいろな犠牲を踏みこえて来た一つの愛情だから、その子供は、母親の愛情に対して従順であり、感謝しなければならぬという考え方を育成しようとしたのが、蒲田映画が女性を味方にし、女性の徳を讃えて行った」理由であった。城戸は、社会の意識が変化していくなかで、女性の置かれている状況を注意深くみていたのである。

ふたつめは、映画が女性の好む感傷性を芸術的に映像処理することに長けていることに着目して、女性にとって魅力的で感銘深い映画を作れば女性客層をつかめると考えた。

そしてみっつめは、さらに興行的な判断に拠っている。映画館には「女性は必ず一人では来ない」。友達であれ姉妹であれ恋人であれ、とにかくひとりでは絶対に来ない。そればかりか面白ければ誰に頼まれなくとも宣伝してくれる。この男性にはかなわない女性の宣伝力にねらいをつけたのが、城戸の「女性映画」に力を入れた理由であった（「日本映画傳」）。

女性の琴線を知っているのは、なんといっても女性である。女性向きの映画を、女性のシナリオライターに書かせたらどうだろうか。この着想を胸に、映画界を見渡してみて、城戸の眼にとまったのが水島あやめという女子大生だったのである。

脚本家としての日々

大正十五年の秋、映画「いとしの我子」が完成に近づいたころのことである。蒲田撮影所はおおきな組織の組替えをおこなった。監督を中心にして助監督、脚本家、撮影技師、男優、女優、子役を六つの部（組）に分け、チームワークを醸成して質の高い映画を効率よく作るための一種のプロダクション制度に移行したのである。それは、城戸がめざすディレクターシステムへの移行を撮影所全体に徹底させることをねらっていた。

この改組によって脚本部は解散した。そして水島は、どの部にも配属されず城戸の直属となった。

ところで、この時期の水島はどのような日常を送り、どのようなことを考えていたのだろう。

水島はみっつの記録を残している。

ひとつは長岡高等女学校の同窓会報に寄せた文章「或る一日のこと」だが、水島が所長宅を訪れ、城戸から直接脚本の指導を受けたときのようすや、話題作のチェックのために母と映画を観に出かけるときのようすを報告している。

ある日曜日の午後、撮影所の敷地内にある城戸夫妻がくらす社宅をたずねる。水島が提出した数本のプロットを読んだ城戸は、「このストーリーは皆いいね、どれでも君の好きなのから書いて見てくれ給え」と指示する。城戸は水島に複数のシナリオ案を提出させたのは、水島がプロの脚本家としてやって行けるかどうかを見極めるとともに、彼女の作品を連続して打ち出すための準備を兼ねていた。そして水島は城戸の期待するレベルのプロットを提出したのである。

所長の社宅を辞した水島は、ダークステージで撮影中のチャンバラ劇をしばらく見学して帰路に着く。そして、こころのなかで「映画！映画！　私は全生命を映画の為に捧げよう」とつぶやく。

翌月曜日には、母と映画館めぐりに出かける。新宿松竹館では「蜘蛛」（主演阪東妻三郎、この年の「キネマ旬報ベストテン」第十位）、そして目黒キネマでは「ダグラスの海賊」（「キネマ旬報ベストテン」外国映画部門第七位）と「雀」（主演メアリー・ピックフォード）という話題作が上映されており、母と話し合った結果、まず新宿に「蜘蛛」を観に行くことにする。映画を見ることは、普通の人たちにとっては娯楽だが、脚本家にとっては大切な勉強であり仕事であった。

ふたつめの記録は、「サンデー毎日」大正十五年五月九日号に掲載された「わが映画界の新しい職業　女流脚色家の話」という寄稿である。水島はこの記事のなかで、自分の暮らしぶりやシナリオライターとしての想いを具体的に書いている。

脚本部所属の正社員は、毎日撮影所内の脚本部室に出社して仕事をしているわけではなく、自宅が仕事場であった。水島の日課は毎朝六時ころに起きると掃除などで一時間ほどすごし、それから仕事にかかる。仕事というのは、もちろんシナリオの執筆である。このころの水島は一日二食ですごしており、仕事がひと段落つく午前十時すぎに朝飯とも昼飯ともつかない食事（いまでいうブランチ）をとる。そして午後はふたたび執筆の仕事をして、夕方五時ころに夕食をとる。

そのあとは雑誌や書物を読んだり母と雑談したりしてすごす。仕事は昼間ばかりではなく、気分次第で夜遅くまで書くこともあり、また早朝四時頃に起きて書きはじめることもある。仕事のない日は母と家事をしたりして一日ゆっくり休む。そして、毎週日曜日は脚本部全体があつまる日となっているため、かならず蒲田撮影所に出かけた。

こうした日々を送りながらも、水島は「プログラムできめられた機械のような生活」は「窮屈で気持ちが不自由」で大嫌いで、「とにかくせしめられるという感じ」がいやで、「縛られて居る感じが少しもなく、思うままの、のびのびとした気持ちで暮らしたい、それが私の一番望んでいる生活」だといっている。かといって「決して不規則な生活が好きというのではありません」ともいっており、さきに記した水島の日課からもわかるように、仕事である脚本の執筆を生活の軸にしっかりすえた日々を送っている。水島は真面目で几帳面な、そして自律心のつよい性格の女性であった。

また、シナリオライターという仕事の楽しさやさびしさ、悲しさについても記している。まず仕事上の楽しみについては「試写を見る時」が一番で、「自作のものの撮影をみる」こともかなり楽しいといっている。そして、仕事上のさびしさは、まだとても映画界について注文や希望を出せるほどの研究をつんだわけではないがと断りながらも、「製作者側に立って見て、私の一番寂しかったのは、一から十まで、娯楽本位、興行価値本位で、映画が製作されるということ」、「芸術などいう観念は、考える事すらも許されない位だという事」が「私の小さい、しかし一番強い不満」であり、「製作当事者の皆が、少しでも映画の芸術的価値を高めるために、出来るだけの努力をする、といった様な時代が来たらどんなに嬉しいだろう」と考えていると記している。さらにシナリオライターとしての悲しさについては、「頭では考えられる気分が、どうしても脚本に書き表せない時」、「折角書いたものが、『興行価値』の関所を通れなくて、メチャメチャに変えられる時」、「自作のものの試写を見た時はきまって自分の駄目さ加減に悲観して」しまうとき、そして「映画見物に行った時、とかくに批評的な気持ちばかり先に立ってどうしてもその映画の中に入り切れないこと」などをあげている。

最後に、みっつめの記録は雑誌「芝居とキネマ」大正十五年七月号に掲載された「雑感二三」という寄稿である。この誌面では、同じ時期に女流シナリオライターとしてデビューし活躍していた日活の林義子とともに、「近頃の日本映画に対する感想」を書いてほしいという編集者の要望に応える形で書いている。水島はそのなかで、人生経験の浅い自分の欠点は、「ひとりよがり」に走って脚本を書いてしまうことであり、「一から十まで客観本位、大衆相手が目的で、自分の気持ちを書く事などは、邪道の様に禁ぜられておる映画脚本」を「自分のような人一倍の『ひとりよがり』が書いて見よう等と思ったのは、そもそも大きな間違いだったのかもしれない」とつぶやく。自分の思うことを書きあげる小説家と、観客の見たいもの、喜ぶことをシナリオにする脚本家との違いに戸惑っている。

松竹蒲田脚本部の二年目、二十四歳の水島は、こうしたことを思いながらプロのシナリオライターとしての日々を送っていた。

女性蔑視の男社会と城戸四郎の庇護

これまでみてきたように、水島の松竹蒲田脚本部の二年目（大正十五年春から昭和二年春まで）は、「お坊ちゃん」の公開を含めて六作品が公開されるという順調な一年となった。それは単に製作本数が多かったというだけではなく、松竹蒲田が得意とする「女性映画」路線の、とりわけ「母もの」映画で才能が見出され、脚本家としての生きる道を獲得できたという重要な一年でもあった。

このように順調な蒲田時代をスタートした水島ではあったが、とうぜん苦労もおおかった。苦労した理由は、水島が女性だったからである。後年、水島は、「私の蒲田時代は、まだ『男尊女卑』の時代で、『女のくせに』とか、『女なんて』とか、いつも差別の眼で見られ、とても辛かった」（「思い出の切抜き集」）と書き残している。監督のなかには「女の書いたヤツなんて、おかしくって」とセセラ笑う人もあったのである。それを、蔭になり日向になってなぐさめ、はげましてくれたのが城戸所長で、「私にとって、慈父のような城戸さんだった」と水島はいう。このように、映画製作の現場には女優や女性スタッフは大勢いたものの、監督や助監督などはまったくの男社会で、女性蔑視の感覚が根強くのこっていた。

当時の監督や助監督は、牛原虚彦（東京帝国大学卒）や大久保忠素（明治大学卒）のほかは、ほとんど中学卒くらいの学歴であり、彼らは女子大を卒業した水島にたいして屈折した感情を抱いていたのである。

いっぽう脚本部はというと、部長を兼務していた城戸四郎の東京帝国大学卒をはじめとして、野田高梧が早稲田大学卒、北村小松は慶應義塾大学卒、吉田百助は明治大学卒など、「脚本部の方たちもほとんど大学出だったので、何のマサツもありませんでした」といっている。ほぼ同じ学歴の脚本家たちのあいだでは、脚本技術や完成した映画作品の優劣にたいする葛藤や羨望はあっても、性別からくる偏見や差別扱いはなかった。精養軒という社交的な環境で生まれそだち、女性に対して理解をもっていた城戸四郎が、蒲田のトップであり脚本部のリーダーであったということもおおきかった。

しかしそれは、蒲田撮影所のなかでも脚本部というせまい世界だけのことであり、ひとたび脚本部のドアを出て監督や助監督たちの輪にはいれば、女子大学をでた水島あやめに対する対応は冷たかった。


水島が映画界でたたかったことが、もうひとつあった。それは若い男女が日夜わかたず映画づくりに没頭している狭い世界だからこその問題であった。たとえば、先輩に教えを乞いたいと思って訪ねたりするだけで、すぐ噂の種になった。監督とふたりで話をしていたといっては、すぐにへんなことをいわれたり、なかには親切に指導してやろうという人があっても、周囲から何かいわれるのがイヤで手を引いてしまったり、同じ監督とコンビで二本か三本続けて撮ろうものなら「怪しい」といわれたりと、「だんだんみんなにソッポを向かれ、私は途方にくれて、いつもしょんぼりしていなければなりませんでした」(「息苦しかった時代」)と、水島はいっている。

実際、撮影所ではたらく者同士で結婚した例は多い。松竹蒲田所属では、池田義信(監督)と栗島すみ子(俳優)の夫婦をはじめ、牛原虚彦(監督)と三村千代子(俳優)、小田浜太郎(技師)と東栄子(俳優)、清水宏(監督)と田中絹代(俳優)、五所平之助(監督)と春日恵美子(俳優)、斎藤寅次郎(監督)と浪花友子(女優)、笠智衆(俳優)と椎野花観(脚本部員)などがいる。「お坊ちゃん」で主演した諸口十九が女優の川田芳子との情人関係にあったうえで筑地雪子とも関係をもってしまい、それが理由のひとつになって諸口と筑地は蒲田をやめている。また城戸のまえの蒲田所長であった野村芳亭が京都に左遷された理由も、野村が主導した新派調悲劇のマンネリ化を打破するためという理由だけではなく、女優の柳さく子との関係が問題視されたからであった。

日本のキネマ界は青春期にあった。それは日本映画の歴史からみて、情熱に満ちた成長著しい時期をさしているのであるが、それに参加している監督も脚本家も男優も女優もまた、みな実年齢が若かった。そんな若者たちが映画の将来を夢み、昼も夜もなく幾日も徹夜して映画づくりに熱中していたのである。恋愛関係やスキャンダルは枚挙にいとまがないほどであった。

そんな環境ではあったが、二十代半ばの水島は、こころない噂をされたことはあった程度で、男性との浮いた話はなかった。水島は病弱の母をかかえて自分の収入で生活をなりたたせることが第一の目標だったから、そこには恋愛する余裕も関心もなかった。

こうして、二十四歳の水島あやめは、城戸の直接指導と庇護のもとで、さまざまな偏見や蔑視とたたかいながら、脚本家としてひとり立ちしていった。

蒲田映画の黄金期と水島あやめの絶頂期

大正十三年に所長に就任した城戸四郎は、それまで松竹蒲田で主流だった新派調悲劇がマンネリ化していたことから、製作方針を明るく健康的な路線へと舵をきった。そして脚本部を充実し、人気スターに依存するスターシステムから監督と脚本家を映画製作の中心にすえたディレクターシステムへと変革、映画の質の向上に取り組んだ。

城戸は、大正十五年秋に脚本部を解散するという組織改編を行った。監督と脚本家を中心にした六つの部にわけて、映画製作の質とスピードの向上をはかったのである。しかし、この試みはわずか一年ほどで取りやめ、ふたたび脚本部を復活させて、城戸みずからが部長につく。こうした取り組みを積み重ねて、城戸の主義を監督や脚本家に浸透させ、それが「蒲田調」というかたちで実を結びはじめたのが、昭和二年であった。「蒲田調」とは「抒情とユーモアと、一抹の感傷をたたえた独特の作風」で、「大したヤマ場もないかわりに惻々とした人間味を伝える自然描写」を特長とする（「松竹百年史」）。このころから、都市生活者（小市民）にまなざしをむけた映画づくりが実を結びはじめ、若き監督と脚本家たちによって「蒲田調」の佳作や傑作がつぎつぎに生み出されていく。そうして昭和四年に、映画「親父とその息子」に挿入された楽曲「蒲田行進曲」（堀内敬三作詞・編曲）に象徴されるように、蒲田映画は黄金時代をむかえていくのである。

蒲田映画の隆盛と歩調をあわせるように、水島あやめもまた、脚本家としての絶頂期を迎える。昭和二年一月の「恋愛混戦」の公開ののち、半年ほどのブランクをへて、「木曽心中」（監督吉野二郎）が八月に公開されると、それ以降は、「孤児」（九月公開、監督大久保忠素）、「天使の罪」（十二月公開、監督大久保忠素）、同三年には、「故郷の空」（二月公開、監督大久保忠素）、「鉄の処女」（五月公開、監督大久保忠素）、「神への道」（六月公開、監督五所平之助）、「空の彼方へ」（七月公開、原作吉屋信子、監督蔦見丈夫）、「妻君廃業」（八月公開、監督大久保忠素）、「をとめ心」（九月公開、監督大久保忠素）、「美しき朋輩たち」（十二月公開、監督清水宏）と、たてつづけに水島が脚本した映画が製作公開された。「新派調」を得意とする水島の作品に、「恋愛混戦」や「妻君廃業」などの喜劇の味付けの作品が加わる。

そして、「鉄の処女」から「をとめ心」までの五作は、毎月一作ずつ公開されている。また、大久保忠素が監督し、名子役の高尾光子が主演をつとめた「孤児」「天使の罪」「故郷の空」「をとめ心」の四作は、大久保、水島、高尾の頭文字をとって「オミタ・トリオ」と呼ばれるほどの人気を博し、一定の観客層をつかんだ。さらに同四年には、「明け行く空」（五月公開、監督斎藤寅次郎）と「親」（八月公開、監督清水宏）が製作されている。この二作はフィルムが現存しており、水島映画の世界観を確認することができる。松竹蒲田作品でフィルムが現存するのは、ほかに昭和六年二月公開の「美しき愛」（監督西尾佳雄）がある。

大半が「母もの」「少女もの」という「お涙頂戴もの」で、城戸が脱皮しようとしていた新派調悲劇に類する作品ではあるが、この公開本数や批評の内容から、脚本家水島あやめの人気の高さがうかがえる。と同時に、蒲田において不可欠な女性脚本家として地位を築いていたこともわかる。

こうした松竹蒲田での活躍のかたわらで、水島は雑誌「映画時代」の創刊記念脚本募集に、荻野夢子のペンネームで「久遠の華」を応募すると、一等に当選。賞金二千円と日活での映画化が約束される。菊池寛、山本有三、久米正雄、谷崎潤一郎、岸田国士というそうそうたる選者による選考をへての当選であった。水島と母サキは手を取りあって喜んだ。しかし、荻野夢子が松竹蒲田脚本部所属の水島あやめだったことが明らかにされると、この作品の映画化は、いつのまにか立ち消えになってしまう。雑誌「映画時代」（文芸春秋社）と日活と松竹蒲田の三社のあいだで、どのようなやりとりがなされたかは想像するしかない。とはいえ、これもまた、脚本家としての絶頂期ならではのエピソードといっていいだろう。

このように、二十四歳から二十六歳にかけての水島は、脚本家としてもっとも忙しく充実した日々を送っていた。

本業の仕事が順調なときは、仕事にまつわることやそれ以外のことでも、さまざまなことがいい回転をすることがおおい。水島のばあいも例外ではなかった。

昭和三年には、映画「空の彼方へ」のシナリオを書いたことで、水島は少女のころからの夢を実現している。

この「空の彼方へ」は、人気女流作家吉屋信子が雑誌「主婦の友」で連載した小説を原作にした映画であった。吉屋は撮影を見学するために蒲田撮影所に足をはこび、監督の蔦見丈夫や脚本を担当した水島、それから主演の川田芳子と柳さく子らと挨拶をかわしたのち、一同で写真におさまっている。(「映画時代」昭和三年八月号)。

水島は「私が松竹キネマで脚本を書いていた頃、吉屋さんの小説をシナリオ化するために、はじめて吉屋さんにお会いした」(「思い出の山野草」(4))といっている。そのとき、高等科のころに「花物語」の「野菊」の章が大好きで暗誦するほどに読んだという思い出を話すと、吉屋は「あら恥ずかしいわ」と、はにかんだように微笑したという。水島は「その後吉屋さんとは何度もお会いして、すっかり気が合ってしまい、アチコチへ御一しょに行ったりしました」とも書いているが、その詳細がわかるものはみつかっていない。

十三、四歳の少女水島あやめは、吉屋の少女小説「花物語」に出会い、小説家へのあこがれをふくらませた。それから十年ほどをへて、この映画で原作者と脚本家として出会ったことになるわけで、水島にとっては思い出深いできごとのひとつになった。

このあと、水島は吉屋の小説「暴風雨の薔薇」(昭和六年六月公開)の映画化にも携わっている。この脚本を、水島は野田高梧とともに担当し、野村芳亭が監督。公開後の評判はよかった。水島はもう一作、吉屋信子の小説「女人哀楽」(佐々木恒次郎監督、昭和七年十月公開)の脚本も書いている。吉屋信子原作の「空の彼方へ」「暴風雨の薔薇」「女人哀楽」の三作は、「母もの」や「少女もの」を得意とする水島映画のなかでは、若い女性が主人公の通俗小説を原作とした「文芸映画」に類するものであった。

そして、昭和四年には「サンデー毎日」(八月二十五日号)と「女人芸術」(十月号)の女性作家特集号に、林芙美子、上田(円地)文子、窪川いね子(佐多稲子)らとともに紹介され、「婦人倶楽部」「少女倶楽部」「料理の友」などの雑誌に小説を発表している。

母校に錦を飾る

こうした水島のはなばなしい活躍が、母校で話題にならないはずはなかった。

昭和二年十月十七日、故郷の長岡高女の同級生が花形産業の映画界で活躍する水島を招き、新潟の長岡市でクラス会を企画してくれた。卒業以来、七年振りのクラス会であった。

ところが、いざ開会の時間になっても主賓の水島がなかなか姿をみせない。幹事役のひとりが水島の宿へむかうと、水島は突然の来客の対応に苦心していた。幹事はこうつづっている。「何ならんと様子を聞けば、新潟よりママア様と御同伴で、モダンガールが、高野さんの芸術を慕うて、是非入門を頼むと一身上についての内密談だ。相手は中々頑張っている。時々襖越しに、それは皆貴女の我儘からです。等と説教されて居るのが聞える。もう少し、ケリの付く迄、聞いていたかったが、皆様方のお待ちになる事が気懸りだったので帰って、其旨を通知し、お互いに高野さんの現在の位地を称賛し、クラスにかかる水島あやめ女史たる、日本で只一人の女流シナリオ・ライターを挙げた事を喜び、益々御奮闘、御成功をと、蔭乍ら御祈りした」(妙子記「七年振りの同窓会」)。

しばらくして、ようやく会場に顔をあらわした水島は「どうも御待たせ致しました。……こんな事は、もう始終ある事ですから漸く納得さして帰しました」と、何気なさそうに挨拶して席につく。そして、クラスメートに訊ねられるままに、「自分の作品が大勢の人によって表現された時は、本当に何とも言えない」とか、「いろいろな会議など、女性は私一人だけだから、大勢の男性のなかで、自分を見失わないように気をつけている」とか、「会社の方々は、とても可愛がって下さるし、俳優さんも愛想が良く、いつも親しく声をかけてくれる」などと、聞かれるままに脚本家生活の楽しさや苦労を語るのであった。

こうして水島は、クラスメートが水島の「現在の位地を称賛」し、「かかる水島あやめ女史たる、日本で只一人の女流シナリオ・ライターを挙げた事を喜び」、いっそうの「御奮闘、御成功をと、蔭乍ら御祈り」するほどの誇りの存在となっていた。

シナリオライター水島あやめの活躍は、もうひとつの母校である日本女子大学でも到底無視できないレベルになっていた。

同窓会である桜楓会の依頼に応じて、水島は昭和三年一月一日号の「家庭週報」に、「スタジオ日記」と題して蒲田脚本部でのようすを書き寄せている。機関紙の編集者は冒頭につぎのような囲み記事を載せている。「千とせ様、二十二回師範科の高野千年様のことです。母校卒業後映画の方へ精進の生活をつづけられ松竹蒲田撮影所脚本部にて水島あやめというお名で、『お坊ちゃん』その他沢山の映画を発表なさいました。各方面に新人を得ましたことは私達櫻楓会員の非常な喜びでございます」。この記事で水島は、撮影所の脚本部に映画ファンから投稿脚本がたびたび届いて対応に苦慮していること、水島自身が原作脚本を書いた映画「天使の罪」の試写会が、城戸所長参席で行われたときのようすなどを書いている。

さらに「家庭週報」は、昭和四年六月十四日号に「訪問記（八）蒲田スタヂオに水島あやめ姉を訪う」という特集記事を掲載する。この記事はタイトルからわかるように、同大学を卒業し活躍している人物を訪ねるシリーズもので、水島もその一人として取り上げられたのである。ほぼ一頁全面を使った紙面には、水島の顔写真とプロフィール、それまでに脚本した公開作品十五本を紹介、そして水島宅での記者との一問一答のようすを報告している。

記者が訪ねた「松竹蒲田村」の一角矢口町の水島宅は、多摩川に近い草葺きの屋根などが軒を連ねている住宅地で、「木の香も新しいささやかな住居」であった。招き入れられた部屋の机上には子役の高尾光子の写真等があって、脚本家らしい趣味が感じられた、と記者は書いている。そしてどんな脚本が映画化されやすいのかと記者が質問すると、「自分の会心の作がパスする事なんかありません。嫌なものが却ってとられて居ます」「映画になったものを見ると、まるで書いた時の気分と異なって居る場合が多い」と答え、たいへん面白いお仕事ですねと尋ねられると「そんな事もありません、私共も一種の体のいい労働者ですから」などとそっけなくかえす。映画の世界は、はなやかで、さも気楽な職業なのだろうという感覚で興味本位で質問する同窓の記者に、水島は多少辟易しながら受け答えしている。このあと水島と記者たちは蒲田撮影所に向かい、水島の案内でスタジオを見学している。

そして記者は、水島のことをこう書いている。「高野さんは…今は蒲田で、十四五人も居るという脚本部で只一人の婦人としてなくてはならぬ人、世の多くのファンは、スターとしての栗島すみ子や川田芳子と同様、映画脚本家としての水島あやめさんを知らぬ者とてはなかろう」と。

日本女子大学は日本で最初の女子大学で、さまざまな活動をつうじて社会に貢献する女性を数おおく輩出しているものの、保守的で、映画や舞台など新しいことは容易に受け入れなかった。しかし、そんな大学も、水島が積み上げてきた数々の実績を、ようやく認めたのである。

長岡高等女学校を卒業して七年、日本女子大学を卒業してから三年。脚本家デビュー作「落葉の唄」からすでに十作を超える作品が公開されており、日本初の女性脚本家水島あやめの活躍は、母校の同窓生にとっても誇りの存在になっていた。

ただひとりの女流シナリオライターとエッセイ「仕事の苦しみ」

水島は、当時の日本映画界で、ほぼ「ただひとりの女性シナリオライター」であった。ということは、松竹蒲田の脚本部においても唯一の女性だったということである。そのことは、水島自身の記述のみならず、友人や同僚そして雑誌の記述にも複数確認できる。

昭和二年の母校長岡高等女学校のクラス会のときにクラスメートが記したことと、昭和四年の日本女子大学の機関紙「家庭週報」が書いたことは、重複するのでここではぶくが、雑誌「映画評論」昭和五年十二月号では「日本映画脚色家研究」が特集されており、野田高梧、如月敏、

名子役高尾光子
水島映画に多数主演した

映画「明け行く空」

映画「明け行く空」

映画「明け行く空」

映画「明け行く空」

生誕百周年記念上映会より（平15）
弁士・佐々木亜希子　協力・マツダ映画社

伊藤大輔、小田喬、山本嘉次郎、村上徳三郎ら九名の脚本家を取り上げたあとで、水島は「その他の脚色家」のひとりとして「ほとんど我邦に於て唯一の女性シナリオライターである」と紹介され、「せんさいな女性的な筆」という特長をあげられている。「ほとんど…唯一」という中途半端な表現には理由があって、この記事には東亜キネマ所属の社喜久江（映画「九條武子夫人」の脚色者）もとりあげているからである。

また、雑誌「蒲田」昭和六年七月号に「脚本家《シナリオライター》としての女性」という野田高梧の記事が載っている。野田は蒲田脚本部を代表する脚本家である。野田はこの記事のなかで、「どういうものか、日本には、女のシナリオライターが少ない。僕が知っている範囲では、蒲田《うち》の水島あやめさんと、三四年以前、まだ尾上松之助存生の頃に、日活にいた林義子という人…その他にはホンの二三人、それもチョイと名前が出てすぐに消えてしまったような人ばかりで、現在依然として名声を保ち続けているのは水島さんだけだ、ということになる」と明記している。野田は、昭和八年の雑誌「松竹週報」にも「我が国唯一の女流脚色家たる水島あやめ君」と記している。

さらに昭和九年には、雑誌「婦女界」十二月号に、「女性脚色家№・1　水島あやめ女史と語る」という自宅訪問取材記事が掲載されているが、その冒頭に「水島あやめ女史は日本のハリウッド、松竹蒲田撮影所の、脚本部に勤めていらっしゃる、日本で唯一人の女脚色者です」と紹介されている。

このように、水島あやめは日本映画の第一期黄金時代において、一貫して活躍した唯一の女流脚本家だったことは確かな事実であった。大正後期から昭和十年頃までのあいだに公開された各社の映画作品のなかには、女性の脚本家の名が散見される。しかし、野田のいうように、日活の林義子以外、彼女らの名前は一、二作で作品録から消えている。女性名のペンネームは男性脚本家のものかもしれないし、男性名の脚本家も、ほんとうは女性だったかもしれない。実際、五所平之助も東小路公子というペンネームを使っている。女性脚本家かいなかを論じる場合、そのひとりひとりの研究が丁寧になされなければならないことを承知したうえでも、当時の雑誌等の記述から、水島あやめは「ほとんど我邦に於て唯一の女性シナリオライター」だったと断言していい。

映画という大衆にとって魅力に満ちた世界において、松竹蒲田で唯一どころか日本で唯一の女性脚本家として活躍している水島あやめは、日本中の女性の映画ファンのあこがれの的であった。さきにも紹介したように、脚本家になりたいと願うファンから頻繁に、弟子入りを願う手紙や、読んでほしいという脚本がとどいた。とくに脚本は、水島をひどく悩ませた。送ってくるのは、ほとんど女性のファンからであった。水島は「こういうファンには一番閉口だ。此方の忙しい事は少しも察しないで、暇に任せて書いたものを次から次へと送って来て、読んで駄目だったら書留小包で送り返してくれ等と云ってよこす。どんな物でも人様の努力した物を粗末には出来ないし、そうかと云って此方は自分の事だけでも、後から後から追われ通しで居るのだし、実に閉口して了う。それもストーリーだけ書いてくれると助かるのだが、こういう人々に限って、生噛りの撮影用語などを用いて、長々と脚色までしてよこすので、ザッと目を通すだけでも一苦労である」(「スタジオ日記」)とぼやいている。

そんな水島は、プロの脚本家としてひとり立ちした自らの仕事観を、「仕事の苦しみ」というエッセイにまとめている。

遺品に納められていたこの切抜きは、掲載雑誌も発行年も不明だが、内容から昭和ヒトケタ年の前半(昭和二年から三年)、水島が二十四歳か二十五歳のときのものと推測され、映画界や脚本家という仕事の実態を伝えるだけではなく、同世代の同性たちへの率直なメッセージとなっている。要点をひろって紹介したい。

キネマ方面の仕事は、まだまだ、よく人に知れていないので、大抵の人は、俳優たちのはなやかそうな生活ぶりや、いつも銀座なんかをのし歩いてるスタジオマンの姿を見て、まるで遊び半分に仕事をしてるように思ってるらしいが、正直いって、これほど苦しい仕事場は、どこの工場へ行ったたって、そうはあるまい。それが趣味的な仕事であり、好きでやってる人たちが、好きで苦労しているのだから、不平も不満も、あまり言わずにいられるのだが、もし普通の工場であったら、争議など毎日のように起こるだろう。労働時間の制限などというものは全くない。そのうえ、後から後からと追われどおしで、少しの休息もない。外見は呑気そうに見えても、こころはいつも締め木にかけられているように重苦しい。人びとを楽しませる一本の映画を作るということは、並大抵の苦しみではない。精神的な苦しみのうえに、さらに肉体的にも、非常な労働である。脚本家は三巻ものを一本一晩で、七巻ものを一本三日間で書くなどということは珍しくない。封切が迫れば、監督は七巻ものを五日ででも撮り上げなければならない。だから俳優も、監督も、脚本家も、技師、技術の人も、二晩三晩の徹夜は頻繁だ。ことに、正月ものを撮りためて置かねばならない年末時の光景は、まるで戦場である。撮影所では、時計などテンデ用をなさない。何でも、仕事の区切り区切りが食事の時間であり、うたた寝の時間なのだ。とにかく、世間の人たちは、キネマの仕事を、あまりに容易に思いすぎている。脚本などにしても、ちょっとした思いつきか何かで、チョコチョコと書けるものと思っている人が多い。どんな仕事だって、その中に入って、身心を打ちこんで、苦しみを感じない仕事などいうものはあるものでない。苦しくない仕事などというものがあったら、それは、その人が一生懸命にならないか、苦しみを楽しみと悟っているかだ。その仕事に、忠実であればあるほど苦しいものだ。苦しいのが当然だと思う。そして私たちは、苦しむことによって、人間が鍛えられるのだ。どんな種類の苦しみでも、苦しみは私たちを育ててくれる。苦しみを知らないような人間は、人間としての深い味がない、と。

そうして、最後にこう結んでいる。「だから、働く女性諸氏よ—。／お互いに、苦しい仕事を持ってることを、感謝して働きましょう。／表面、あんなにも華やかに、呑気そうに見えるキネマの仕事でさえ、どこへ行ったたって、どんな仕事だって、あなた方の、今の仕事と、何の変わりもない。／変わって見えるのは、形だけで、中へ入れば、みんな同じだ。真剣に、苦しめる仕事を持ってる、という事をせめてもの生甲斐にして、私たちは、勇敢に、仕事と闘いましょう。／どんなに、苦しみたくても、仕事のない人には与えられない、尊い尊い苦しみなのだから」。

これが、大学を出て二、三年、二十四、五歳の水島が書いたエッセイである。

映画製作の現場は男社会であった。しかも女性蔑視の風潮も根強かった。さらに高い学歴をもつ監督はほとんどおらず、女子大卒の水島は煙たがられていた。そんな偏見に満ちた世界で、水島はただひとりの女性脚本家として奮闘し、得意分野を磨き上げ、「母もの」映画の第一人者としての存在価値と社会的地位を獲得してきた。

昭和初期（一九二〇年代後半）になると工業化と都市化がすすみ、女性の職場への進出は量的にも分野的にも急速に増えた。紡績工女や女給だけでなく、女教員、女事務員、女医、看護婦、女店員、電話交換手、タイピストなどである。「職業婦人」として働く女性のなかにも、映画界を気楽な職業とみている人がおおかった。そんな同性にむかって、映画界も甘くないし苦労は同じであると、水島は真情を吐露したのである。

このように、この時期の水島は、同世代の女性たちに、どちらかというときびしい目を向けていた。映画館のなかで上映の合間や上映中にもかかわらず化粧直しに夢中になっているモダンガールたちに首を傾げたり（「婦人席でのさまざま」）、厚化粧やあくどい彩色をほどこした下品な化粧や、派手な衣装や流行品というだけで着合わせたちぐはぐな服装などを指摘する（「薄ものの下着」）など、女性としてのたしなみについて書いている。

一見、華美な映画界に身をおきながらも、水島はつよい信念を胸に、女性としてのつつしみをもって仕事に励んでいた。

祖父への手紙と経済的な自立（ひとつめの夢の実現）

このような充実した年月をへて、水島あやめは脚本家としての地位と社会的な評価を確かなものとした。そして収入も安定し経済的な基盤も確立して、生活にもゆとりが持てるようになっていた。

昭和三年、一年間に七本の映画が公開された年に、水島は近況を母方の祖父につたえるため、母に代わってペンを取る。上京して大学に進んでからは、生家からのひとり分の仕送りで、切り詰めた暮らしをしてきたふたりを気遣い、物心ともに援助しつづけてくれたのが祖父であった。

水島は、高齢の祖父を気づかって、平易なひらがなで書いている。

「……ことしはわたしのしごとのほうが、たいへんよくできまして、ボーナス（しゃうよ）のほかに、とくべつに、五十円ほど、ほうびがもらはれましたし、その上、この七月から、すこしですけれど、げっきゅうが、あがりました。それからまた、おもひがけないことに、わたくしのつくったものが、ちくおんきにはいりまして、そのほうからも、五十円もらったりして、おやこして、おほよろこびいたしました。それで、この七月十七日で、わたしが、まん二十五になりましたので、そのきねんに、といふので、三十五円の、かなりりっぱなほんばこをかひまして、そのついでに、かねがね、ははがほしがっていた、とういすを八円ばかりで、かってやりまして、ははは、おほよろこびで、あさばん、よりかかっては、たのしんでおります。／ことしは、わりにぶっかがやすいので、みんなねだんのわりに、りっぱなので、こんな小さなうちには、もったいないやうな、しなです。／こんなわけで、いままでは、わたしどもも、なかなかたいへんでしたけれど、もうこれからは、ふたりのくらしぐらひ、らくですから、どうぞ、おぢいさまも、ごあんしんになってくださいませ。／ははは、だれに、きかせることも、いらぬけれど、おぢいさまだけには、おきかせして、あんしんしていただきたいと、まをしますので、かうして、かきましたが、こんなふうですから、まづまづ、およろこび、くださいませ。…」。

ボーナスが出たうえに月給が上がり、特別手当が五十円支給され、さらに自作がレコードに採用されて五十円の報酬ももらえた。二十五歳の水島の収入状況は、まさに順風満帆であった。

水島は故郷の新聞のインタビューに、「帝大出の学士の初任給が六十円のころ、松竹蒲田撮影所は八十円でした。おまけに脚本料が一本五十円。ずんずん上がって経済的にはらくでしたね」（「新潟日報」）と語っている。

水島より二か月ほどさきに蒲田に俳優としてはいった笠智衆の給与は、入所前の約束では四十円だったが、いざ入ってみると月二十五円で、それが八年間つづき、昭和十一年になって、ようやく五円あがった。では二十五円でどんな生活ができたかというと、俳優の研修生がふたりで家賃十五円の家（六畳と三畳の家）を七円五十銭ずつ出し合って借り、あとは米や味噌、醬油を買うとほとんどなくなってしまう。それでも食いつなげたのは撮影所から食券が出るからで、しかしそれも長くはもたず、ロケで宿屋にとめてもらい大部屋の女優たちから夕飯をご馳走になるのがうれしかったという。ただ、笠の場合は夫人が水島の同僚（笠花観）で、蒲田脚本部で働いていたから、いわゆる共稼ぎで、まだいいほうだったと笠は語っている（「人は大切なことも忘れてしまうから―松竹大船撮影所物語」山田太一他）。そんなころに、三十五円もする書棚を自分のために、八円もする籐椅子を母のために購入したのである。

祖父が水島母娘の暮らしを心配して援助し、それに対して水島母娘が祖父を安心させるために、こうした手紙を書くという状況には、この時代の景気がおおきく影響していた。

第一次大戦の戦勝による好景気が去って、大正末期には慢性的な不況となり、昭和になると金融恐慌によって就職難と失業が深刻化。同四年には世界恐慌がおきる。小津安二郎監督の「大学は出たけれど」（松竹蒲田）が、国民の共感を得て大ヒットしたのは、この四年のことであった。手紙にある「ことしは、わりにぶっかがやすいので」とあるのは、こうした不景気の世相だったからである。だから、祖父が心配するのは当然のことであった。

ところが、そうした社会とはうらはらに、映画界は空前の最盛期を迎えていた。映画館が立ち並ぶ浅草六区は朝十時の開館から身動きできないほどの活況で、新築されたばかりの電気館には、ひと月に一万人の観客が入り、各映画館で立てるのぼりは、まるで林のようであったという。蒲田映画の絶頂期を象徴する「蒲田行進曲」が、映画「親父とその子」の挿入歌として大ヒットしたのも、この昭和四年のことである。

こうした映画界の景気のよさが水島の仕事にも反映して、祖父宛ての手紙になっていた。水島の仕事が順調で収入も増え、母と水島がしあわせに過ごしているようすに、祖父も安心したことであろう。

大学を卒業して三年。「お母さんの面倒は、私が一生見ます」──そう異母兄に宣言し、母を引き取ってから七年、水島は満二十五歳になっていた。

経済的に自立したいというのが水島の夢のひとつであったが、それを実現したことをしめすのが、これまでかずかず紹介してきた業績であり、この祖父に宛てた手紙であった。

ところで、水島はこの手紙の冒頭で、母の体調が思わしくないことを書いて、自分が母のかわりにペンをとることを詫びている。サキは病床に臥すことがおおくなり、介護が必要な状態になっていた。

水島の、およそ三十年間におよぶ介護生活は、このころからはじまっている。

トーキー化の動きと脚本家の苦悩

水島あやめの二十四歳から二十六歳、すなわち昭和二年から四年にかけては、サイレント映画の全盛期であり、蒲田映画の黄金期であった。

そんな日本映画界に変化の兆しが見えだすのもまた、この時期であった。トーキー（有声映画）化にむけて具体的に動き出すのである。

蒲田撮影所長の城戸四郎が、市川左団次の訪ソ歌舞伎団の団長として出発したのは昭和三年七月のこと。無事公演を成功させた城戸は、帰国する左団次一行と別れ、欧州を巡って映画事情を見聞したのち、アメリカに渡った。一九二七（昭和二）年に、アメリカで公開された「ジャズ・シンガー」は世界で初めての長編のトーキーで、興行的に大成功して話題になっていた。このトーキーの製作や興行の現状、そして将来性を視察するのが渡米の目的であった。

翌四年四月、九か月間におよぶ長い外遊を終えて、城戸は帰国する。世間は、いよいよ松竹蒲田がトーキー製作に乗り出すのではないかと、城戸の帰国第一声に注目した。ところが城戸は、日本ではトーキーは時期尚早で、当分は蒲田でトーキーを作るつもりはないと発言。逆に世間を驚かせた。

とはいえ、それが城戸の本心ではなかった。帰国まもなく、大阪でトーキーの研究をして一定の成果を出しはじめていた土橋武夫、晴夫兄弟を蒲田撮影所にまねき、実用化にむけた研究の支援をはじめている。

サイレントからトーキーへの進化は、映画界に天変地異ほどの衝撃を与える。もしトーキー化が実現すれば、映画製作はあらゆる面で変革を求められることになる。

当然のことながら、映画づくりの中心にいる脚本家たちも、この変化に対応することが求められる。脚本部では、日々真剣に対策が議論された。水島も「脚本など、もちろん、根本からちがって来るので、シナリオライターの間でも、よるとさわると、その話で持ちきりでした」（「映画の話＝（10）」）といっている。

トーキー時代の到来は、俳優にもきびしい現実を突きつけた。トーキーになると、声の良し悪しが容姿と同じくらいに重要となり、俳優としての生命線となった。俳優の出身地によるなまりも問題になった。そればかりではない。役者としての出身母体も障害となった。すなわち、歌舞伎出身者と演劇出身者ではセリフ廻しや声の張り方がちがうし、素人の口調はメリハリのない一本調子になる。トーキーになれば、このセリフ廻しを統一して標準化し、さらには正確な日本語や各地のなまり、そして時代劇のセリフも研究しなければならなくなる。

いっぽう、音による表現方法の進化によって、撮影技術も急速に向上する。画面には写らないオフ・シーンのセリフや生活音などを取り入れることで、より広範に周囲のようすや雰囲気を表現できるようになる。銀幕の登場人物が自分の声で話し、その場に吹く風や雨の音も、鳥や動物の鳴く声も聞こえるのがトーキーである。それは、銀幕と観客席をひとつの空間にした。音声を獲得した映画は、本格的な総合芸術へと脱皮しようとしていた。脚本家は、これらの新技術に対応することが求められたのである（「トーキーの時代」講座　日本映画③ほか）。

こうして昭和六年に製作されたのが、わが国初のオールトーキー「マダムと女房」（脚本北村小松、監督五所平之助）で、本格的なトーキーとしてはわが国ではじめて大成功をおさめた。この映画には、これまで挙げてきた要素のすべてが含まれている。

とはいえ、「マダムと女房」の成功によって、日本のすべての映画が、一夜にして「無声」から「有声」に、完全に切り替わったわけではなかった。撮影する製作会社側の設備や技術、撮影環境もそろっていないし、上映する映画館側にも、設備を整える資金もなかったからである。弁士や楽士の失業問題もある。したがって、日本映画の主流は依然サイレントであり、国内で封切られる映画のすべてがトーキーに変わるまでには、さらに数年の歳月を要した。

時代の変化は、映画製作の技術面だけではなかった。

大正から昭和にかけて、世相は大正デモクラシーから昭和モダニズムへと移り変わってきた。そのなかで、観客である大衆の意識もおおきく変貌していく。観客は、よりリアル感のあるものを映画に求めるようになっていった。

脚本家たちの戸惑いを、水島は「家庭週報」昭和五年九月十九日号に書いている。ある日の脚本会議のときのことである。秋のシーズンの対策やこれから書いて行こうとするものの傾向について話しあったあとで、誰かがしみじみと「こうやってストーリーの相談なんかしていると、実に世の中が変ったなぁって感じがするね」と言い出した。参加者は口を閉じて、同感という顔つきをする。「全く、すっかり変ったねぇ」と、別のひとりがしみじみと相槌を打つ。それから話は世の中が変ったということについてひとしきり盛り上がる。それは「シナリオライターとしての意識の上から云う事だけだから六つかしい理論や、思想的な深みなどは無いけれど、しかし、現在では、最もよく大衆の気持ちを反映すると思われる仕事の上からの感じなので、聞いていると、ほんとにそうだと、うなずける面白い観察ばかりだ」と水島は思う。

このように脚本家たちは、観客である大衆の興味が大きく変化していることを敏感に感じ取っていた。

映画は大衆娯楽である。大衆の感性や嗜好が変れば、映画のストーリーも展開（組み立て）も変えていかなければ、観客に受けなくなってしまう。あたらしい時代にあった脚本方法を、どう築き上げていくか。脚本家たちが、いそいで対応しなければならない課題になっていた。

そんな課題に直面する脚本家のひとりとして、水島はこうつづける。同僚の脚本家たちの会話を聞きながら、しみじみと自分の入社当時と現在との相違に思いをめぐらせた水島は、わずか四、五年前のシナリオとくらべて、何という大きな変化だろうと驚かされる。「以前は、一本のシナリオを作るためには、ストーリーのないうちから、もうチャンと或る一定の型が決まっていた」という。つまり、ある一組の若い男女の主人公、それに色敵とか競争者、三枚目が加わって義理にからんで泣かせるなど、どんなシナリオでも必ず守らなければならない一種の法則みたいなものがあった。さらに表現法にもある型があって、全体の中ほどにロケーションを入れて気分の転換をはかる、何かしらハッとさせるような事件をおこす、お涙のつぎにはお笑いを入れるなどの条件もあった。入社して一、二年は、それを覚えるだけでたいへんであった。しかし、それが今では「内容のしっかりしたもの、テーマが現実社会のどこかに触れるもの、それだけが根本の条件になった」という。そして「世の中は変った。本当に変った。そして今もなお、非常な急速のテンポで変りつゝある。此の潮流に取り残されず、社会の波と一緒に進んで行こうとするには、私たちは、ほんとうに、しっかりと自分の生活を考えてみなければならない」と、しみじみ思うのであった。

こうした時代の変化と脚本家の葛藤のなかから、新中間層を観客層に製作されたのが松竹蒲田の「小市民映画」であり、プロレタリアを観客層としたのが日活などの「傾向映画」であった。

このように、監督、脚本家そして俳優が、これらすべての問題に対処し克服して行かねばならなかったのが、トーキーへの移行期であった。

興行中心主義と「よき児童映画」とのギャップ

松竹蒲田脚本部に入社してからというもの、水島あやめの脚本家としての活動はまことに順調なものであった。しかし、そんな水島でも、ひとつだけ叶えられずにいることがあった。それは、「よき児童映画」を作りたいという夢であった。

大学在学中から経済的な自立の道を模索していた水島は、関東大震災で廃墟と化した東京の街々が復興して行く過程で、映画が奈落の底であえぐ人々に生きる希望と勇気を与えているのを目のあたりにしたことから、それまで目指していた小説家への道から映画シナリオへの道に進路を変えた。少女時代に自分のこころをささえ夢を与えてくれた物語の役割を、いまは映画が果たしていると感じ取ったからであった。

映画の原作もシナリオも物語である。しかも映画はそれを映像で表現して、一時におおくの人びとに観てもらうことができる。そこに、活字の小説にはない映画の魅力と可能性を見出したのである。

ところが、「よき児童映画」を映画化するチャンスは、なかなかおとずれなかった。

水島は、大学の同級生と銀座のカフェーでお茶をのみながら、こんな会話をしている。水島の書いた映画を観たいという友人に、水島は、とんでもないと大きく手を振る。「どうしてよ?」

「だって、メソメソしたものばかりで、きっとウンザリするに決まってるわ。興行価値は絶大なんだけれどね」「そうなの?」「時々高級ファンから、お小言が来るわ。新派臭いとか、安価な涙をしぼるのは低級だとか」「きびしいのね。だったら、書かなければいいのに」「そう言うものでなくちゃ会社の製作目的に合わないのよ。会社の製作目的に合わないものは映画にならない。映画にして貰うためには、会社の製作目的に合ったもの、即ち興行価値絶大のものを書かなければならない、と言うわけ。これが現実なの」「ふーん。だけど、自分の理想や希望は、どうなるの?そんなに簡単に妥協してしまっては、自分がなさ過ぎるんじゃない」「ううん。たとえ会社の方針に妥協しても、私はそれで自分の理想を捨てちゃいないわ。これは脚本を磨くために必要な妥協なのよ。確かに、今やっていることは、それだけみたら随分恥かしいことだけれど、それも自分の理想を実現させるための手段と言うわけ。ちょっと生意気でしょ?」と水島が笑うと、友人は「だったら仕方ないわね」とうなずく。「だからね、私はこれからだって冷汗の出るようなものでも、思い切って書いていくわ。ファンの方々のお叱りも、甘んじて受ける。愚劣で低級なことも、自分でチャンと意識して書くんだから、決して言い訳や泣き言は言わない。陰ながらお許しを願いながら、今はしっかりと実力をつけて、いつの日か、あなたもびっくりするような傑作を書いてみせるわ」(「わかりきった話」)。

水島が友人に宣言した「いつの日か、あなたもびっくりするような傑作を書いてみせる」という映画とは、興行価値本位の愚劣で低級なものではなく、自分が理想とする「よき児童映画」であった。「会社の製作目的」である利益につながる「興行価値絶大のもの」、すなわち大衆にうけるシナリオを書かなければ映画にならないから、「ウンザリする」ような「メソメソしたもの」や「冷汗の出るようなもの」でも、たとえ「高級ファンから、お小言」がこようと書かなければならないが、それは「脚本を磨くために必要な妥協」であり、「自分の理想を実現させるための手段」なのだといっている。

たしかに、映画は大衆にとっては娯楽であるが、会社にとっては興行をつうじて営利を追求する事業である。これまで、わが国で製作された映画のほとんどは営利を目的とした娯楽映画であり、新派調をはじめ、「母もの」映画、チャンバラ時代劇、ドタバタ喜劇、小市民映画、傾向映画、キワモノ映画などは、すべて観客に「受ける」ことをねらって製作されてきた。

しかし、そんななかで大流行したチャンバラ映画が、子どもたちに悪影響をおよぼし、重大な社会問題になった。当時、場末の常設館では、日曜祭日だけでなく平日でさえ、子どもが入場者の半数以上をしめるようになっていた。映画から受ける影響は、おとなにくらべて子どものほうがはるかにおおきい。こうしたことから、「子どもと映画」という問題について、文部省が真剣に取り組むようになった。東京市でも「児童映画デー」が実施されたり、児童ものと銘打ったシナリオが募集されたりと、あらたな取り組みがなされた。これらの取り組みは、保護者や教育関係者そして子どもたちにとって喜ばしいことであったし、真に「よき児童映画」を作りたいと思っている水島にとっても歓迎すべきことであった。

ところが、文部省や東京市などの取り組みに反して、映画会社側は児童映画を、ほんの片手間仕事としか見なかった。しかも、たとえ片手間仕事であったとしても、興行価値が第一目的であるから、「子どもに見せる子どもの映画」ではなく、利益につながる「おとなに見せる子どもの映画」を作ろうとする。実際、純粋な子どもの映画は単純なものになって興行価値がひくく、よほどすぐれたストーリーでないと、おとなにとっては退屈で面白くない。そこで、おとなのこころをくすぐるようなお芝居を入れるようになり、いわゆる「お涙頂戴」ものになってしまう。それが実態で、営利を追求する製作会社としてやむを得ないことではあった。

水島が真に作りたいと思っていたのは、単なる娯楽映画ではなく、子どもたちを善導する芸術性のたかい「よき児童映画」であった。

水島は生涯で三十二作の公開映画を書いたが、そのうちの十八作が「母もの」や、少女が主役の「少女もの」である。水島の作品に母と子ども（とくに娘や少女）の物語がおおいのは、母とふたりでつらい環境を耐え忍んですごした彼女の生い立ちによっているからで、そうした実体験が水島映画のリアリティをたかめ、観客の涙をしぼりヒットした。しかし「母もの」「少女もの」という映画は、子どもを主役級にすえながらも、観客層は母親層（おとなの女性）を対象として製作されていた。言い方をかえるならば、「母もの」「少女もの」は「大人に見せるために」作られた子どもが主役の映画であり、いわゆる「お涙頂戴」ものがおおかった。しかも構成もストーリーもある型をもってパターン化されていた。それゆえ、安易に観客の涙をさそうセンチメンタルで芸術性のとぼしいものと、高級ファンや批評家から辛辣な批判を受けつづけてきていた。水島は、そうした批判や小言を受けながらも、会社の営利第一主義にしたがってシナリオを書きつづけた。会社の製作方針をまもりつつ、「よき児童映画」というみずからの夢の実現を追いつづけていたのである。

昭和三年三月のことである。「映画教育」(大阪毎日新聞社・東京日日新聞社)という雑誌が創刊された。映画教育の理論と実際の研究を重ねて、社会教育に寄与しようというのが、創刊の目的であった。この雑誌に、水島の映画がたびたび取り上げられる。

まず昭和三年七月号に「神への道」、同年十二月号には「美しき朋輩たち」が表紙をかざり、ストーリーが詳細に紹介された。「美しき朋輩たち」は、子どもが純粋に楽しめるようにとトリック撮影が試みられ、子ども映画の名手と評判が高かった清水宏が監督している。「もし映画がさまざまなトリックなどを取り入れたら、読み物などより、ずっと面白いものができるにちがいない」というアイデアによって製作された映画であった。この映画「美しき朋輩たち」をもとに、神戸湊川研究会映画研究部が批評会を開催。社会教育主事、社会事業主事、図書館司書、司法官、検閲官、少年保護士、児童相談所主事、小中学校職員など二十五名が招かれ、この映画の製作目的や観客対象について、また教育映画か娯楽映画かなどについて意見交換がなされている。

また、昭和五年二月号には「美しき愛」のストーリーと、雑誌「映画教育」主催の合評会が詳細に掲載された。こちらの合評会には、同誌顧問の文学博士や理学博士、社会問題研究所関係者、大阪市から視学や小学校校長、女子英学塾関係者、全日本活映教育研究会委員らが出席している。

このように、文部省の映画教育の方針にそった動きのなかで、水島の作品は、「教育映画」の重要性を議論する対象映画として取り上げられている。

水島が願っている「よき児童映画」の製作環境が醸成していくかにみえた。しかし、水島の映画作品や「児童映画」についての所感が雑誌「教育映画」で頻繁に取り上げられたのは、昭和四年から六年にかけてであり、このころから、水島映画の公開数が徐々に減っていく。

年間七作品が公開された昭和三年をピークとして、翌四年には二作、五年に三作、六年に二作、七年二作、八年一作、九年はゼロ作、そして十年に二作と、公開本数が少なくなっていった。そして、水島が得意とした「母もの」や「少女もの」も、しだいに減っている。水島映画に欠かせない存在だった子役高尾光子が、少女から思春期の娘に成長したことも、要因のひとつであった。かわりに、「現代奥様気質」「モダン奥様」「暴風雨の薔薇」「輝け日本の女性」「女人哀楽」「接吻十字路」というように、タイトルをみるだけで若い女性や婦人が主役とわかる映画が増えてくる。そして、絶頂期には原作と脚本の両方を水島が書いたものがほとんどであったが、この時期になると、水島は原作か脚本のいずれかを担当することが目立ってくる。

こうして水島は、希望する「よき児童映画」から、しだいに距離が離れていく。

この背景には、昭和初期の世相の変化があった。昭和四、五年ころから、エロ・グロ・ナンセンスの風潮が日本社会に進行しはじめていたのである。

第一次世界大戦の特需による過剰生産が、戦後になって不況のもとになり、当時の支配層は、この不況の打開策を中国大陸への侵略にもとめた。山東出兵（昭和二年）がはじまり、翌三年に張作霖爆死事件、昭和六年には柳条湖事件が発端になって満州事変が勃発するというように、大陸進出と軍国主義化が急速にすすんだ。さらに金融恐慌（昭和二年）と世界恐慌（昭和四年）が追い打ちをかけ、大量の失業者を出し、深刻な就職難を来した。くわえて、同三年に設立された特別高等警察（特高）によって、左翼思想者への圧力が強まっていく。このように、日本国内の社会不安は急速に高まっていた。

そんな社会からのがれようと、人々は刹那的な刺激を求め、エロチックでグロテスクでナンセンスな、好色で怪奇趣味的なものが流行するようになる。エノケンこと榎本健一らのカジノ・フォーリーが浅草で旗揚げされたのが昭和四年で、大阪のカフェーが東京に進出し、濃厚なサービスをはじめたのが昭和五年のことである。窮屈さを増す息苦しい時代と不景気で退屈な日常を、人々は異常心理や変態、猟奇、残酷趣味、神秘へのあこがれ、そして歌と踊りとナンセンスな劇という一見ハイカラではあるが安っぽさを感じさせる興行ものに身をまかせることであがったのである。

こうした世相は、水島にもつよい影響を与えた。

水島の年齢は二十代後半になっていた。松竹蒲田脚本部のみならず日本映画界において唯一の女性脚本家であり、しかもモダニズム社会に生きる若い女性である水島に、こうした観客層に「受ける」脚本を書かせたいという意向が会社側に起きても不思議はなかった。先に紹介した升本喜年は、興行中心主義の当時の経営陣側から「水島君の脚本は生真面目すぎる。もっと色っぽいものを書いて…」といわれ、水島は「わたしには出来ません」と答えたと、水島の同郷の本多正に語っている。たしかに、水島が脚本した「接吻十字路」（昭和十年一月公開）の撮影台本をみても、大学時代に書いた作文「自己的な愛」や歴史小説「形見の繪姿」を彷彿とさせる生真面目なテーマ設定で、題名から想像されるようなシーンは見当たらない。

このように、営利を追求する会社の興行中心主義と世相の変化によって、水島が希望する「よき児童映画」を作る環境は整うことはなかった。

いっぽう、松竹蒲田では、屋台骨を揺るがす大きなできごとが立てつづけに起きていた。先ず同五年に、撮影所設立当初からの功労者である監督の牛原虚彦が、城戸と衝突して退社した。翌六年には、八月に日本初のオール・トーキー「マダムと女房」が公開されて大ヒットしたが、九月になると鈴木伝明、岡田時彦、高田稔の「蒲田の三羽烏」と呼ばれた人気男優三人が、蒲田を辞めて不二映画株式会社を設立。「マダムと女房」の主役の渡辺篤をはじめとして、おおくの男優や脚本家村上徳三郎、そしてカメラマン三浦光雄ら、七十名あまりが蒲田を去っていた。絶頂期にあった松竹蒲田は、創立以来はじめての危機に直面していた。

水島にも転機の予兆が見えはじめる。その兆しは、昭和五年に母校の機関紙「家庭週報」に寄せた「断想」にみられる。「このごろ、特に痛切に感じる事は、自分が、何一つ、ほんとに何一つ、これならば出来ると云い切れるものを持たない。と云う寂しさである」といい、「ふだんは、それ程とも感じないで、いい気になって、生半可な仕事をして暮らしているが、さて、真面目になってよく考えてみると、あれも出来ず、これも知らず、よくもこんな事で、どうにかその日その日を送っているものだと、実に我ながら、自分の空虚さに、愛想がつきる程、何にも分からない。こんなに何にも知らない自分だったかと、今更ながら呆れて了うばかりである」「これ程何にも分からない自分が、とにもかくにも、自分で仕事をして、生活をしているのだと思うと、その大胆さが空恐ろしくさえなる」「ゴマカシで仕事をして行く…なんて、何というみじめな事であろう。自分もその一人だと思うと、ほんとうに何とも云えない恥ずかしさと、寂しさに打たれる。全く、何一つ出来るものがないという事は、考えれば考える程、寂しい事だ」と吐露している。

脚本家としての日々の忙しさがうかがえるが、このような心境を大学の同窓生にむかって書く心境を想像するに、仕事に対する疲労感がにじみ出はじめている。

そんな昭和五年の十月、父団之助が東京下谷車坂の寓居で亡くなった。享年六十八歳であった。団之助は、水島の幼少時、少女期をへて、高等女学校と日本女子大学に進学するうえで重要な存在であった。女子教育にふかい理解をもち、娘に先進的な高等教育を受けさせるようにしてくれたのは団之助であった。幼いときからふんだんに本や雑誌を読むことができたのも、団之助がととのえてくれた環境のおかげであった。芸術活動で全国を行脚しておおくの知識人と交流し、来るべき新時代には女性の社会進出の機会が与えられるだろうことも、団之助は感知していた。そんな父の娘として生まれそだったからこそ、自立の道をもとめ、映画脚本家への扉を開き、活躍することができたのである。

ところが、大学一年のときに母サキを生家からひきとり、団之助の芝の寓居をでて母とふたりで暮らしはじめて以降、水島の文章から団之助に関する記述は、まったくみられなくなる。父の死去についても、水島はなにも書き残していない。思えば、関東大震災を被災したときにも、水島と母サキの身近に団之助の存在はなかった。

水島は父団之助について、「随分不身持ちで、母の苦労も一通りではなかった」と書いている。三番目の妻として高野家にはいった母が異母兄らと対立して孤立したとき、母の味方は水島だけであった。水島にとって父団之助は身近におらず、自分と母を護ってくれない者として、いつしか水島のなかから存在感を失っていたのかもしれない。

亡くなるまえの団之助は、上野駅近くの下谷車坂に寓居を借りて芸術活動の拠点にしていた。しかし、おなじ東京に暮らしていながら、両者のあいだには、ほとんど交流はなかったようである。そんな父ではあったが、こうして亡くなってしまったことで、水島は、これからさき、本当に母とふたりで生きていかねばならなくなったのである。

大船移転と松竹蒲田退社

昭和八年、水島は三十歳になった。

長くも短くも感じる三十年を振り返った水島は、「いつの間にか三十のおばあさんになって」しまったとつぶやく。この年の平均寿命は、男四十四・八歳、女四十六・五歳であったから、三十歳の水島が「おばあさん」というのも、それなりの根拠があった。

水島は、「三十年と云えば、丁度人生の峠を上りつくしたところ、立って眺めれば、越し方も、行末も一望のもとに分かろうというところです。眺めやる自分の越し方の足跡の貧しさ、たどたどしさ、それを思うと、これから先の道程もほぼ推しはかれて淋しい限りですが、でも一度過ぎて来てしまえば二度と引き返されない人生の道ゆえに、淋しくとも、もう一度新しき道への勇気を振り返して進んで行くより仕方がありません。／古人は三十にして立つとか云っていました。ほんとうにもうしっかりと立たなければならぬ時なのです。才能貧しき悲しさには、いくら努力したところで、到底何も為し得ぬとは分かっていますが、でも出来る限りの事はしてせめて、少女時代の夢の半分でも実現したいと思います」とつづけ、「三十の今、為し得た事と云えば、母と二人の小さな生活を自分のペン一本の働きで支えている、ただそれだけでしか無いのです。それも少女時代の大きな夢の一つではありましたが、—此の後の半生こそほんとうにしっかりした仕事がしたい。それをしみじみと思わされます」(「三十年の春秋よ」)と書き残している。

十八歳で母をひきとり、自分が生涯にわたって母を護りながら暮らして行くと決意してから十二年。人気娯楽産業の映画界で、水島は脚本家として、「ペン一本」で、少女時代の夢のひとつである経済的自立を成し遂げてきた。

しかし、そんな水島に転機が近づいていた。それは、このさきも映画脚本の道を歩みつづけるべきかという迷いであった。

蒲田脚本部のみならず日本映画界において、ほぼ唯一の女性脚本家としてははなばなしい活躍をし、職業婦人としてあこがれの存在となった水島ではあったが、その内面は「自分の越し方の足跡の貧しさ、たどたどしさ」が思われ、これから先の行く末も推しはかられて「淋しい限り」になってしまう。そして、「二度と引き返されない人生の道ゆえ」、「此の後の半生こそほんとうにしっかりした仕事がしたい」と、しみじみと思うのであった。

いっぽう、松竹蒲田にも大きな転機が訪れていた。

昭和九年の年があけてしばらくして、所長の城戸四郎が、撮影所を移転したいと、脚本部の一同に打ち明けたのである。

この城戸の移転の方針発表は、水島に進退の決断をうながした。

水島がキネマの世界に入ったのは、「よき児童映画」を作りたいという望みからであったが、しかし、社会一般の児童文化に対する認識も関心もうすく、会社の理解も得られず、水島の夢はかなえられることはなかった。結局、水島は営利を追求する会社の要請に応じて、興行的価値の高い「お涙頂戴」ものを書きつづけるしかなかった。やがて世相が変化すると女性映画も書くようになるが、このあたりから水島は脚本の世界に行き詰まりを感じるようになっていった。

水島はこう告白する。「松竹在社時代に、私のシナリオで数十本の映画が上映されたが、長く続ける自信はなかったので、昭和十年には退社して、それまでも時々手がけていた児童小説一本に精進することにした」（「八十年の夢」）。

水島は映画脚本の道をあきらめた理由について、母校日本女子大学の機関紙にも書き残している。「私がシナリオを志望したのは、よい児童映画を作りたいという希望からでしたが、今でさえなかなか児童映画の製作というのはむずかしく、第一、お金にならないので、当時の営利映画会社などが見向きもするはずもありません。だから、子供主演のものといえば、いつも「お涙頂戴」

ものしか陽の目を見ず、私は、だんだん自己嫌悪に陥り、その上、自分の才能のなさもつくづく分かって、劣等感にもさいなまれ、とうとう中途半ぱで、シナリオの勉強をあきらめてしまいました」(「息苦しかった時代」)。

昭和九年に受けた雑誌「婦女界」の取材では、こんなことを語っている。「世間には脚色と創作とを、おなじような物と思っている方が多いようですが、そりゃァ違いますわ。/創作なら、自分の書きたいことが勝手に書けますけれど、脚色となれば、先ず第一に俳優さんのこと、それから会社のこと、映画を観る人の事等、色々念頭に入れておかなければなりませんもの。自分の主観なんかで書こうものなら、すぐお倉行きになってしまいます。その上、常に俳優を生かすようにしなければなりませんので、そこに一方ならぬ苦労があるのです」。だから、「創作や小説などは、芸術的な仕事」だが、俳優や観客、会社の営業方針などを考慮しながら組み立てていく「脚色は設計」だという。水島が脚本の道に行き詰まりを感じた理由は、自分の思いのままに書くことができる「芸術的な仕事」ではなく、自分を押し殺して「設計」しなければならないむずかしさにあった。

このように、「よき児童映画」を作りたいという夢と営利優先の会社方針という現実とのギャップ、そして脚本家としての「才能のなさ」からくる「劣等感」が水島のこころを占領していく。水島は「その他いろいろな事情で、中々思う様にならず、その上母の病気などでついに思い切って小説の方へ転向」したともいっているように、病弱な母の存在とその介護に対する責任感も影響していた。

さらに、映画が総合芸術だったということもまた、要因のひとつであった。原作であれ脚本であれ、心血をそそいで書いたストーリーが、監督や俳優の都合でどんどん変わっていく。自分の書きたいこと、伝えたいことが途中で変質し、そのまま映像に表現できない。そして自分でいいと思ったものがボツになることにも、水島は葛藤していた。「その他いろいろな事情で、中々思う様にならず」という一行には、こうしたいくつもの理由が含まれていた。

結局水島は、「その（脚本の）道は、私が想像した以上に、けわしくむつかしく、ついに私は途中で行き悩んでしまい、昭和十年にアッサリと、キネマ界を退いて、それからは、専ら児童読物の筆をとる」道に進もうと決断する（括弧内は著者）。

知人のなかには「あそこまで行って、惜しいですね」という者もあった。そういわれた水島も、十年間苦労した道を捨てることに残念な気もしたが、「断然キネマ界を去って」しまう。

こうして、昭和十年三月をもって、水島あやめは松竹蒲田脚本部を退職する。

水島は、「大正十五年から昭和十年までの撮影所の生活は、私の一生のうちで、一番思い出の多い時代であった。喜び、悲しみ、世の中というものの複雑さ、人の心のさまざま、すべてが初の人生経験であった」と、退社のときに城戸所長はじめ脚本部員から贈られた記念品の包装紙に書き残している。二十二歳から三十一歳までの青春時代を、誰もがあこがれる「東洋のハリウッド」松竹キネマ蒲田撮影所の脚本部の一員として活躍し、大船への移転をまえに脚本家人生をおえたのであった。

ところで、大船撮影所は昭和十年の秋に完成した。そして、蒲田撮影所の閉所式は翌十一年一月十五日に行われた。

閉所に際して、撮影所の入り口正面のステージに掲げてあった「松竹キネマ蒲田撮影所」の看板を広場で燃やし、城戸所長を囲んで乾杯すると、女優たちはみな、涙をぽろぽろ流して泣いた。「蛍の光」の曲が、蒲田の町のすみずみまで流れていた。

大正九年六月に開所してから十五年七か月にわたり、数多くの映画を世に送り出した松竹キネマ蒲田撮影所は幕を閉じた。すでに退職していた水島が、この閉所式に参列していたかどうかについては記録が残っていない。

最晩年の八十六歳の夏。水島は青春期を過ごした思い出多き蒲田を歌に詠んでいる。

「よろこびも　かなしみさえも　なつかしく
想いあふるる　ふるき蒲田よ
平成元年八月　水島あやめ」

ちなみに、松竹蒲田で製作された水島の最後の脚本映画「輝け少年日本」（原作櫛田直人、監督佐々木恒次郎、佐々木康）が公開されたのは、水島が退職したのちの五月二十四日のことである。この映画は、皇太子（現在の上皇陛下）の降誕奉祝記念映画で、水島にとって最初で最後のオールトーキーであった。

六、少女小説作家・水島あやめの想い

~子どもたちに夢と希望、
あこがれと思いやりを~

「少女倶楽部」に掲載
（昭11頃）

小説家として再出発

昭和十年三月に松竹蒲田脚本部を退職した水島あやめ（三十一歳）は、小説家としてあたらしい人生を歩みはじめる。

さまざまな事情がつみかさなって、脚本家として活動をつづけることに行き詰まりを感じ、もう一度あたらしき道にむかって勇気を振りしぼって進んで行くと決意した道であった。それは逃避の選択ではなく、関東大震災によって、こころの奥深くに仕舞い込んでいた少女のころからの夢を実現するための前向きな再スタートであった。

すでに書いたが、水島が小説家への足がかりをつかんだのは、日本女子大学三年生で、雑誌「面白倶楽部」の懸賞に歴史小説「形見の繪姿」（ペンネーム・高瀬千鳥）が当選したときであった。

そして、松竹蒲田の脚本家時代にも、ときおり雑誌に家庭小説や写真小説、少女小説などを書いてきた。まず大正十四年に、雑誌「料理の友」の懸賞で家庭小説「涙涸れねど」が一等に当選、六回にわたって掲載された。同誌には、昭和二年に通俗小説「目無千鳥」（六回連載）、同四年にも映画小説「星の戯れ」（三回連載）が採用されている。そして同二年には雑誌「少女倶楽部」に写真小説「まごころ」、同四年に雑誌「婦人倶楽部」に「吹雪の小径」、同七年に雑誌「少年倶楽部」に少年小説「ジョンよ幸福に」と雑誌「少女倶楽部」に少女小説「二輪の白百合」、そして同九年にも雑誌「少女倶楽部」に写真物語「友よいづこ」を発表してきた。

そんな実績をもつ水島のもとに、さっそく雑誌「少年倶楽部」から原稿依頼がくる。

大正時代にはじまった大衆雑誌の発行は、昭和にはいって全盛期を迎えていた。たとえば、講談社の九誌（「キング」「冨士」「講談倶楽部」「幼年倶楽部」「少年倶楽部」「少女倶楽部」「婦人倶楽部」「雄弁」「現代」）の総発行部数は、昭和四年に四百万部を超え、昭和十一年には四百六十二万部（新年号）という最高発行部数を記録する。当時の日本の世帯数に割り当てると、約四軒に一冊購読されていた計算になる。「キング」が百五十二万部でもっとも多いが、「少年倶楽部」も七十五万部、「少女倶楽部」も四十八万部発行されている。講談社は日本に到来した雑誌隆盛期において「雑誌の王国」を築き上げていたのである。そんな人気雑誌からの原稿依頼であった。

水島は、小説家に転向して最初の作品として、「山の勇者」を「少年倶楽部」五月号に発表した。故郷新潟の名山八海山を舞台にした少年小説であった。

亡き父にかわって八海山の案内人をする信一は、嵐がやってくることを予想して、登山客と頂上の山小屋に留まる。しかし、別の客を案内していた仙吉は、信一の忠告を聞かず下山してしまう。しばらくすると、信一の予想が当たり大嵐になる。信一は仙吉たちを助けるために暴風雨のなかを救出に向かうというストーリーである。

水島は故郷の山を舞台にした少年小説を書くことから、小説家というあらたな人生をスタートしたのであった。このあと「故郷の歌」（七月号）、「美しき勝利」（九月号）、「高原の秋」（十一月号）と発表がつづくが、いずれも少年の勇気や友情を讃える美談であった。水島あやめといえば少女小説作家というイメージが強いが、小説家としての再スタートは少年小説であった。

いっぽう、姉妹誌の「少女倶楽部」からも原稿依頼がとどく。まず七月号の付録本に「家なき児」（マロー原作）の翻訳が採用される。

講談社の創業者野間清治が、「少年倶楽部」や「少女倶楽部」など児童向け雑誌の発行に力を入れたのは、「学校教育は、ややもすると智育方面に力を用い過ぎて、…精神教育の方面が、どうも不足しているのではないか」（「自伝」）という問題意識からであった。そんな野間の構想に、真面目で誠実な水島の作風はマッチした。

また雑誌「婦人子供報知」（「報知新聞社」）にも、「姿なき母」（六月二十三日号）、「涙の紅提灯」（七月十四日号）、「落葉は哀し」（九月二十二日号）が掲載される。いずれも少女の純情や家族の情愛を描いた小説で、「家庭小説」と呼ばれるジャンルの作品であった。

このように、水島の小説家生活は一年目から順調な滑り出しであった。そして、それからの数年は、少年少女雑誌への執筆や単行本もつぎつぎと出版されるなど、超多忙の日々がはじまる。

「少女倶楽部」が作品発表の舞台に

翌昭和十一年になると、「少女倶楽部」からの原稿依頼が増えた。

まず昭和十一年は、新年号から「愛の翼」（全六回）の連載がスタートする。そして読切りの短編「村の友愛曲」（五月号）、「母の面影」（十月号）が掲載。さらに「小公子」（バーネット原作、三月号）、「春日局」（六月号）、「小公女」（バーネット原作、十一月号）の三作が付録本になっている。

「愛の翼」は、スチール写真を多用した写真物語で、映画仕立ての読み物である。高等女学校で噂の美人姉妹、美也子と小夜子の出生の秘密をめぐる物語で、そこに孤児の三人兄妹との出会い、思いやりと友情が描かれている。写真物語は、脚本家時代にも数作手がけたジャンルであった。

昭和十二年になると、原稿依頼はさらに増える。

この年の「少女倶楽部」に採用された作品の数は、連載ものや付録本も含めると九作品を数える。まず一月号から「物知り小枝ちゃん」の連載（全十二回）がスタートし、以後「白衣の天使ナイチンゲール」（二月号）が付録本に採用されると、少女小説「牧場は微笑む」（三月号）、歴史読み物「盛綱陣屋」「寺子屋」（四月号）、付録本「大阪城の花　木村重成」（五月号）、少女小説「久遠の友情」（九月号）、映画物語「暁の陸戦隊」（十一月号）、映画物語「赤ちゃん」（十二月号）とつづき、この年は「少女倶楽部」だけでも二十回も作品が掲載されている。ある号に二作品採用（付録本を含む）が六回、三作品掲載されている号もある。ジャンルも、読み物、歴史もの、少女小説、海外名作の訳本と広がっている。

連載「物知り小枝ちゃん」は、十四歳の小枝子が主人公の読み物であった。田舎の小学校を卒業した小枝子が、都会で暮らす仲良しの美津子の家に寄宿し女学校に通うことになる。そしてお手伝いや季節ごとの行事をつうじて、さまざまな礼儀、行儀、作法、生活の知恵を学んでいく。「皆様が、小枝ちゃんたちと仲よしになって、その一つ一つの行（い）をしっかりごらんになれば、皆様はいつの間にか、誰にも好かれる立派な少女になれます」（括弧内は著者）という編集者の言葉でわかるように、ハタキのかけ方、ホウキの扱い方、電車内やエレベーター内でのマナー、お客様やお年寄りとの接し方など、少女たちが身につけておきたいことを、小枝子をとおして教えていくのである。当時の少女が、母親や祖母に教えられたさまざまな知恵や思いやりがたくさん含まれており、「面白くて、為になる」という野間清治の出版理念にそった読み物であった。

そして昭和十三年には、映画物語「テンプルの軍使」（一月号）、少女小説「制服の聖女」（四月号）、名婦物語「吉田松陰の母」（五月号）、写真小説「仲よし信号旗」（八月号）、名婦伝「ナポレオンの妻」（十月号）の五作品。翌十四年には、名婦物語「奥村五百子」（一月号）、勤王の母「松尾多勢子」（二月新春増刊号）、少女小説「吹雪に薫る花」（三月号）、「乗合馬車」「スカートの信号」（以上五月号）、「まことの友達」、友愛物語「春のゆくえ」（以上六月号）、名婦物語「乃木静子」（九月号）、少女小説「秋空澄みぬ」（十月号）というように、水島の作品はつぎつぎに掲載される。

昭和十二年新年号の「少女倶楽部」の発行部数は四十九万部を超え、同誌の最高を記録した。当時の少女たちは雑誌を隅から隅まで何度も読み返した。そればかりか、買った雑誌を互いに交換し、まわし合って読んでいた。読者数でいえば発行部数よりはるかに多かった。水島の作品は、ほぼ毎月欠かさず全国の少女たちに届けられ、愛読されていたのである。

付録本になった六つの物語

昭和十年から十二年にかけて、水島は「少女倶楽部」の付録本を、六作執筆した。ジャンルは海外名作の訳本と歴史上の人物伝であった。

水島の作品がはじめて付録本に採用されたのはマロー原作の「家なき児」で、昭和十年七月号であった。脚本家から小説家に転じたその年に、すぐに依頼がきたわけで、水島の小説家としての実力が、このときにはすでに認められていたのである。

水島は少女対象の付録本という制約を考え、マローの原作のもつ味わいを損なわないようにしながら、エピソードを簡単にして物語の筋も多少変えて書いている。そして、単に面白いというばかりでなく、人情のうつくしさや犠牲的精神の尊さ、勇気と忍耐などの美徳にあふれる少年の物語に仕立て上げた。

水島は巻頭の挨拶で、「レミー少年の辿るさすらいの旅は、そのまま私共の人生の旅であり、幾多の不幸と闘って強く正しく、遂に最後の幸福を得る、彼の雄々しい精神こそは、私共の何より模範とすべきものです」と読者の少女たちに語りかけている。

つづいて付録本になったのは昭和十一年三月号で、バーネット原作の「小公子」であった。「小公子」の原題は「リトル・ロード・フォトルロイ」といい、若松賤子（一八六四〜一八九六）が明治二十三（一八九〇）年に、雑誌「女学雑誌」にその一部を発表して日本に紹介され、若松がなくなったあと、明治三十（一八九七）年に博文館から単行本として刊行された。語り風の文体が好評を博し、子どもの読み物といえば第一に挙げられるほど読まれた名作である。水島が少女時代に読んだ「小公子」も、おそらくこの若松の翻訳本だったと思われる。

水島は世界の少年少女物語のなかで、この「小公子」が一番好きだといっている。そして、自分も「少女倶楽部」の愛読者のために書きたいと思っていたところに編集局から執筆依頼がとどき、たいへんよろこんだ。水島は、主人公セドリックの純真無垢な心と愛と正義にみちた天真爛漫な行動は、どんな修養書にもましてすばらしいもので、「常に自分のことよりも、まず人のことを思いやるという尊く、美しく、神さまのような心の持主になれるようお願いしたいと思います」と、巻頭で挨拶している。

「小公子」は、水島の筆によって、原作の味を尊重しつつ、より低い年齢層の子どもたちにも読みやすい長さにまとめられた。それが国民的人気雑誌である「少女倶楽部」の付録として全国津々浦々の少女たちに届けられ、「小公子」の普及に貢献する。

そして同年六月号では、名婦物語「春日局」が付録本になった。これまで書いた「家なき児」「小公子」は海外名作の訳本だったので、今度は日本的で、忠義や武士道を盛り込んだものにしたいというのが編集者の意図であった。

水島は巻頭で「局は単なる女丈夫というばかりでなく智・仁・勇の三徳を併せ具えた、立派な婦人で、行い正しく、良人に仕えては貞、君に仕えては忠、まことに日本女子の鑑として称えるべき婦人でありました。…どうか皆さまも、これを読んで、春日局の如く、雄々しく、しかも行い正しい、立派な婦人となるよう、お願いいたします」と語りかけている。

「少女倶楽部」の担当者が、重そうなフロシキ包みをぶらさげて池上線の久が原町の水島宅にやって来たのは、四月初めのことであった。「編集会議で、こんど『春日局』をフロク本にすることに決まったので、また先生にお願いに参りました」。そういうと彼は、数冊の分厚い本をテーブルの上にドサリと置いた。「これ、参考書です。この中から、読者に受けそうなところをピックアップして、百五十枚にまとめて下さい。期日は、今日から二十日間です。お願いします」「二十日というのは、きびしいわね。これを読むだけでも四、五日はかかりそうなのに」「大丈夫、大丈夫。先生は、なんのかんのといったって、いつでもチャーンと、約束を守ってくれるんだから」。几帳面な水島は、脚本家時代から一度も期日の約束を破ったことがなかった。彼は「じゃ、お願いしますよ。お約束の日には、いつものように、コドモをよこしますから」と言い残して帰ってしまう（「『春日局』を書いたころ」）。

ちなみに「コドモ」とは小学校高等科を優秀な成績で卒業した地方出身の少年のことで、講談社は「少年社員」として受け入れ、働きながら勉強させて、成績優秀な少年を正社員として採用していた。

「春日局」から四か月後の同年十一月、こんどはバーネット原作の「小公女」が付録本に取り上げられる。さきに紹介した姉妹作「小公子」は、名もなく質素な生活をしていた少年がりっぱな爵位とおおくの財産を得る物語だが、「小公女」はそれとは反対に、王女のような暮らしをしていた少女セーラが、急にまずしい孤児となって苦労をする物語である。

複雑な家庭で生まれそだった少女水島あやめにとって、物語はこころの友でありささえであった。物語を読むことで、いじめや異母兄との不和などつらい境遇を乗り越えてきた。レミー少年やセドリック少年、そして少女セーラが、少女水島をなぐさめ励ましてくれたのである。

少女水島が小説家になろうと思ったのは、このような物語に希望と勇気を与えてもらったからであった。そして、いつの日か自分でも「小公女」を書いてみたいと思っていた。その願いが叶ったのである。

巻頭で水島は読者の少女たちに語りかけている。「私達の一生には、いろいろな境遇の変化があり、数々の困難が横たわっています。どうぞ皆様は、清く正しい心を失うことなく、どんな不幸に出合っても、決してそれに打ちひしがれることなく、強く正しきこと、セーラのように、又、人を愛し、人の幸福を願うこと、セーラのようであってほしいと思います」と。

昭和十年代はじめといえば、世の中はまだ豊かではなかった。子どもたちの夢や希望は大きく膨らんでも、現実は貧しくきびしかった。読者の少女たちは、レミーやセドリックそしてセーラの境遇と気持ちが、まるで我がことのように思え、物語に夢中にさせられたのであった。

さらに、翌昭和十二年二月号では「白衣の天使ナイチンゲール」が第一付録となった。ナイチンゲールは、クリミヤ戦争の戦地に従軍看護婦として赴き、傷病兵を献身的に看護して、博愛の尊さを命をかけて実践。赤十字条約という人道的条約の礎をつくった女性である。水島はこう読者に語りかける。「ナイチンゲールは、生まれながらにして、非常に、深い美しい愛を持った女性でした。……しかし、どんなに深い愛の持主であっても、もし一方に、その信念をなしとげる、強い心を持っていなかったならば、決して、あのような、偉大な仕事はできなかったでしょう。ナイチンゲールは、一方、深い深い愛の持主であると共に、一方、神に対し、自分の良心に対して、正しいと感じたことについては、どんな困難にも恐れずに進む、強い強い心の持主でした。愛と強さと―。この二つを、心にあわせ持つ婦人こそ、婦人として、最も偉大な尊い仕事の出来る人だと思います」と。


こうして、「家なき児」「小公子」「小公女」で、いかなる境遇にもくじけない少年少女のこころのもち方を描き、「春日局」「白衣の天使ナイチンゲール」で女性の生き方について描いた水島が、「少女倶楽部」の付録本として最後に書いたのが「大阪城の花　木村重成」（昭和十二年五月号）であった。

木村重成とは、戦国末期において「義」に生ききった武将であった。

重成（春千代）の祖父木村小隼人重成は豊臣秀吉に重用され、父重茲《しげこれ》も秀次の附家老となり、ともに豊臣家のために働いてきた。しかし重茲は、秀次が秀吉に謀反を企てたと讒言されたとき、連座して自害する。幼かった重成は母とともに、秀次と親しかった近江の佐々木義郷のもとに身を寄せ、そこで義や礼節、堪忍という武士の心得を学んで育つ。長じて元服を迎えた重成は、義郷に「名を望むか、富貴を望むか」と問われ、「富貴栄達を望みませぬ。武士の名を成し、父の汚名を雪ぎとう存じまする」と答える。その言葉を受けて、義郷は重成を秀頼の小姓として大阪城に登らせる。聡明で武芸にも優れた重成は、やがて秀頼の信頼を獲得してゆく。その後、関ヶ原の戦いに勝利した徳川勢は、豊臣家を滅ぼすために攻勢を強める。大阪夏の陣の前夜のこと、徳川側から重成のもとに使者がやってくる。重成の武士としての力量を惜しむ家康が、関東に仕えないかと誘いを掛けてきたのである。しかし、重成は「義によって、大阪に一身を捧げた者。今更傾き掛けた大阪を見捨てて関東に随身する気は少しもござらん」と毅然として断る。こうして大阪冬の陣へと突入。重成は井伊軍との激戦の末に戦死する。二十三歳の若さであった。足軽の持ち帰った重成の首を実検分した家康は、念入りに洗髪され名香の焚き込まれた覚悟の討ち死にに感動し、賞賛するのであった。

水島は重成の生きざまをつうじて、目先の打算や損得勘定に走るのではなく、信義や道義、恩義に生きる武士道の大切さを描いたのであった。ちなみに、水島は歴史上の人物のなかでは、この木村重成がもっとも好きだと語っている。

このように水島は、レミーとセドリック（少年）、セーラ（少女）、ナイチンゲールと春日局（女性）、そして木村重成（男性）の生涯をつうじて、人間としての生きかたについて、読者である少女たちに語りかけたのである。

「講談社の絵本」の採用作品とシリーズ「名婦物語」

「講談社の絵本」からの原稿依頼は昭和十三年以降もつづく。そのいっぽうで、「少女倶楽部」から、あらたな原稿依頼がはじまる。

講談社は、子ども向けの雑誌として「少年倶楽部」「少女倶楽部」「幼年倶楽部」を創刊してきたが、昭和十一年になって、小学校入学前の幼児向けに「講談社の絵本」をあらたに創刊する。「小学校に入ってからではもう遅い。三つ児の魂百までといふことがあるやうに、三つ児の時から教育するのでなければ、本当に善い人間を作り、世の中を善くして行くことは出来ない」「この絵本を出すことによって、講談社は日本人全体に我々の理想を投げ掛けることが出来るのではないか」(「正伝」)というのが、創刊した野間清治の発想であった。

「講談社の絵本」は野間清治が創刊した最後の雑誌で、毎月三冊から四冊ずつ発行された。極彩色の四色刷りで、四六版六十四ページ。しかも、一冊三十五銭という安さだったことから、発売するや書店に列ができ、またたく間に売り切れるほど人気を博した。

小学校入学前の子どもを読者層にすえたこの絵本は、面白いだけでなく教育になり、情を主としてはいるが知の啓発にも役立つ好著という評価を受けて、昭和十二年に東京都教育局主宰の児童読物研究調査会で児童向けの良書に選定されている。

当初一冊一話で作られていたが、郵政局から単行本と判断されたことから第三種郵便物として扱われなくなる。そこで一冊に複数の作品を掲載する雑誌の形式に変更した。このことが水島やさまざまな作家の作品を掲載するきっかけとなる。

こうして、昭和十三年以降、この絵本から水島のもとに頻繁に原稿依頼が来るようになった。はじめて水島の作品が採用されたのは同年三月号で、「仲なおり」が掲載された。十月号には「オセンタク」と、園シゲ子のペンネームで書いた「狼トタタカフ」の二作品が掲載。そうして、昭和十三年三月から同十七年一月までに、三十冊に三十二作（園シゲ子名の二作を含む）の掲載が確認されている。水島が、童話や幼年ものをもっとも多く書いた時代である。

さて、昭和十三年には、「少女倶楽部」から「名婦物語」というシリーズものの執筆依頼もくるようになる。歴史上の人物の母や妻あるいは女性の生き方に焦点をあてた人物伝で、水島は全部で七人の女性について書いている（すでに紹介した付録本「春日局」（昭和十一年七月号）にも名婦物語というタイトルが付されており、これを併せると八作品になる）。

「吉田松陰の母」（昭和十三年五月号）、「ナポレオンの妻」（同年十月号）、「奥村五百子」（昭和十四年一月号）、「松尾多勢子」（同年二月新春増刊号）、「乃木静子」（同年九月号）、「井上でん女」（昭和十六年七月号）、そして谷干城の妻玖満子について書いた「戦場に摘む嫁菜」（同年十月号）の七作品である。これらの物語をつうじて、水島は偉人をそだてた母やささえた妻、愛国婦人会の創設や久留米絣の発明と普及に尽力した女性たちの生涯を描いている。

水島の遺品に、「幼年小説　名婦物語集」と、表紙にみずから手書きした綴りがある。雑誌に掲載された自作品の切抜きを集めたもので、「松尾多勢子」をのぞいた五作品も入っている。

当時の日本は、昭和十二年におこった盧溝橋事件を発端に、中国との全面戦争に突入。日本は、そのまま太平洋戦争に向かって突き進んでいく。婦人たちのあいだでは、千人針や慰問袋などの銃後活動がさかんに行われるようになっていた。

講談社の各雑誌は国民総動員のための広報的役割を果たしており、「少女倶楽部」もまた、その一端を担っていた。ここにあげた名婦物語は、そんな時代に書かれたものであった。

殺到する執筆依頼（ふたつめの夢の実現）

これまでに発表された作品のジャンルをみると、少年小説、少女小説、写真小説（映画風読み物）、家庭小説、童話（児童読み物）、名婦物語（人物伝）、海外名作の訳本というように、じつに多岐にわたっている。水島あやめといえば「少女小説作家」というイメージがついているが、この時期の水島は必ずしも少女小説にかたよっておらず、幼い子どもから少年少女そして婦人にいたるまで、幅広い層を対象に物語を書いていた。

昭和十年代前半の日本は大衆雑誌の黄金時代で、出版各社はさまざまな雑誌を創刊し覇を競っていた。そんななかで、講談社は雑誌九誌を発行。さらに「講談社の絵本」をくわえて、全国津々浦々で爆発的に読まれていた。水島は、そんな講談社の各誌から休む間もないほど執筆依頼を受けていた。

講談社側からみれば、水島あやめという小説家は、いくつかの点で編集方針に合致する貴重な書き手であった。つらくかなしい境遇でそだつ少年少女の気持ちをやさしくくみ取りながら、明るい未来へと導いていく向日性にみちた水島の作風は、野間清治の各雑誌創刊にこめた想いにかなっていた。そのうえ水島はさまざまな読者層向けの小説を書きこなす器用さを兼ねそなえていた。しかも締め切りを守る几帳面さも、編集者にとってありがたかったにちがいない。

このように、殺到する原稿依頼にていねいに応えつづけることで、水島は小説家としての地位を確固たるものにしていった。

ちなみに、この時代に「少女倶楽部」に作品を発表していた作家には、菊池寛、吉屋信子、川端康成、佐藤紅緑、子母沢寛、北川千代、横山美智子、野村胡堂、南洋一郎（池田宣政）、千葉省三、山中峯太郎ら、詩人にはサトウ・ハチロー、西條八十、野口雨情らがおり、挿絵家には蕗谷虹児、高畠華宵、須藤重、河口悌二、加藤まさをら、そして漫画家には田河水泡の名前が見られる。こうしたそうそうたる人物たちにまじって、水島は数多くの作品を発表していた。

そして、この時期に水島は、少女時代のあこがれの作家吉屋信子とともに作品が掲載される。たとえば「少女倶楽部」昭和十一年十月号をみると、水島は「母の面影」という読切り短編、吉屋は「毬子」という連載ものが掲載されており、いずれも少女小説であった。

少女のころに吉屋の少女小説に出会って小説家になる夢をいだいた水島は、関東大震災がきっかけとなって映画脚本家の道にすすんだが、そこで吉屋の小説「空の彼方へ」の映画化のチャンスにめぐりあい、原作者と脚本家としてはじめて顔をあわせた。昭和四年のことであった。

当時水島は、大衆娯楽の頂点にあった映画界の、そのまた頂点に君臨していた松竹蒲田において、ただひとりの女性脚本家として活躍していた。いっぽう、吉屋も少女小説から大人の女性を主人公にした通俗小説に新境地をひらき、人気女流作家として全国に圧倒的な読者層を獲得していた。そのときふたりは、映画と通俗小説という大衆娯楽の双璧を牽引する女性作家として出会っていた。

それからおよそ八年をへた昭和十年代初めになって、今度は大衆娯楽雑誌の絶頂期にあって、「雑誌王国」を築き上げていた講談社の人気雑誌「少女倶楽部」の誌上で、人気作家として作品を発表することになったのである。

こうして水島は少女小説作家として吉屋とおなじ舞台にたち、少女時代に思い描いた夢を実現したのであった。

三年半の結婚生活

人気小説家として順風満帆の日々を送っていた昭和十一年秋、水島は児童文学者S氏と結婚する。水島三十三歳、S氏二十三歳（大正二年生まれ）であった。

ふたりは、どのように出会い、結婚に至ったのだろうか。この時期のS氏は講談社で働いていたという記録があるから、作家と雑誌の編集者として知り合ったのかもしれない。

当時の戸籍をみると、戸主は高野千年すなわち水島あやめで、S氏は入夫し高野姓にあらたまっている。ちなみに、水島はこの年一月二十九日付で生家からの分家届を提出し、大森区久が原に戸籍を移している。水島は独立して戸主となり、さらには夫を迎え入れて入婿としたのである。

青春時代の水島は、映画業界というはなやかな世界に身をおいていた。撮影所は、若い男女が日夜わかたず映画づくりに没頭するという特殊な環境であり、恋愛問題やスキャンダルはひんぱんに起こった。撮影所の関係者同士で結婚することも多かった。そんな環境だったから、おなじ監督とのコンビで何本か撮影がつづくと、すぐに「あのふたりは怪しい」という口さがのない噂がたち、水島もその洗礼を受けたことがある。とはいえ、あくまで噂程度のことで終わっていた。

水島という女性は、おとなしくつつしみ深い性格であった。そのうえ、面倒を看ていかねばならない病弱な母がおり、安定した収入を確保することを第一に考えていたから、恋愛に、さほど積極的ではなかったようである。

だからといって、独身を貫くと決めていたかというと、そうではなかった。

脚本家時代の昭和九年に、雑誌「婦女界」（十二月号）で取材をうけた水島は、みずからの結婚観について語っている。記者に、一生涯独身で脚本の仕事をしてゆくつもりかと問われて、「別に独身主義者ではありませんけれど、今の所結婚はしたくないと思っています」と答えている。理由は、父団之助が身持ちが悪く、そのことで母サキは随分苦労したと常々聞かされてきたからで、

「男の方が多少恐いような気もして」いるのだという。「でも好きな人でも出来れば、又考えも変わるでしょうけれど…今のところは未だ…」とつづけている。

さらに記者が、もし結婚したら仕事はどうするかと問うと、「断然止めてしまいますわ。十年近くも（シナリオを）書いていて、一向上達しないのですから、私にはとても才分がないんだろうと思いますの。だから結婚したら、それこそいい奥さまになって家の事だけをやりたいと思います」（括弧内は著者）と、専業主婦になる夢を語る。しかしそのあとすぐに、「でも結婚なんて、恐らくしないだろうと思いますわ。父で、さんざ苦労した母を、残してゆくなんて可哀そうですもの」と、母にたいする思いやりと責任感が口をついてでる。記者が「お母さまも一緒に面倒を見てくれる男性ならいいでしょう」とたたみかけると、「そんな方は今時ありませんわ」と、少女のように笑った。

記者は、水島の印象をこう書いている。男性社会の脚本界にあって、「日本で唯一人の女性脚色家」として、男性に「負けず劣らず、女性独特の感受性で、堂々たる大作をものしている、脚色界の花形」だから、きっと「男勝り」で「尊大振」った女性だと勝手に想像していたところ、玄関に出て来た水島には、そんな感じは「爪の垢ほども受取れない、実に淑やかな女性」であると恐縮している。完全に予想を裏切られた記者は、「一見二十七、八の上品な若奥様」で「可弱そうで、引込思案で、思っていることも口に出せないといった型の極くおとなしい方」と、水島の印象を書いている。

この取材を受けたのは昭和九年十二月のことだから、水島は三十一歳、まだ独身のときのことである。同級生たちは、水島を「謙遜家」で「おとなしい」女性と評していた。そんな水島の人柄と立ち居振る舞いを具体的にうかがい知ることができる記事である。

そんな水島が結婚の相手にえらんだのが、十歳年下のS氏であった。S氏は、のちに日本児童文芸家協会の評議員を務める人物で、昭和五十八年に同協会から児童文化功労者として表彰されている。著作には「伝記エジソン」「キュリー夫人」などがある。

さきの雑誌「婦女界」の記者によると、水島夫婦と母サキの暮らす家は、久が原の丘の上に建てられた青い屋根の文化住宅街の一軒で、瀟洒な平屋の洋館であった。表札も凝っていて、円状に「水島あやめ」と彫りあげたもので、脚本家らしさを感じさせるものであった。

しかし、水島の結婚生活は長くはつづかなかった。昭和十五年三月十六日、水島はS氏と協議離婚している。三年半という短い結婚生活であった。

離婚の理由について、水島自身は何も語っていない。ただ、これまで見てきたように、結婚した昭和十一年以降、水島の執筆活動は多忙を極めている。雑誌のインタビューには、結婚したら仕事はきっぱりとやめて専業主婦になりたいといっていたが、それは到底かなえられる状況ではなかった。

そして何よりも、病床に臥す母サキの存在が大きかったにちがいない。長年、つらくきびしい状況を身を寄せ合って生きてきた水島とサキは、まるで「一卵性母娘」のように固い絆で結ばれていた。気むずかしいサキは、母と娘のあいだに他人がはいってくることを嫌った。だから、十歳も年の離れた若い夫には、居心地の悪いこともおおかったにちがいない。

はじめての単行本「小公女」と「家なき娘」

戦前に雑誌に採用された水島の作品数は、確認できているだけでも長短編あわせて一〇〇作前後になると思われる。人気雑誌「少女倶楽部」の常連作家として活躍する水島は、他の雑誌にとっても魅力的な作家であったはずであるから、これからも確認される作品数は増えるだろう。

しかし、これほどの人気作家でありながら、水島あやめの作品は単行本として刊行される機会にめぐまれなかった。昭和十年から同十二年までの三年間に、六冊の「少女倶楽部」の付録本に採用されたが、これらはあくまで付録本であり単行本ではなかった。

水島にとってはじめての単行本は、アメリカの女流作家、フランシス・バーネット原作の「小公女」で、昭和十二年七月に、講談社の海外名作物語二十冊の一冊として刊行された。つづいて「家なき娘」も出版されている。

さきに、「小公女」は「少女倶楽部」の付録本（昭和十一年）として発行されたことに触れたが、そのとき評判がよかったことでシリーズの一冊に採用されたと思われる。

水島は、少女時代にはじめて「小公女」を読んだときのことを、「あまりの面白さに、一度も本を置かず、一気に読み終わってしまった」といい、それ以来、大人になってからもいく度も読んできたが「読む度に面白く、新しい感動を覚えました」（「この物語について」）と、この物語がいかに優れた物語であるかを語っている。少女時代にうけた感動を胸に、水島はこの訳本をしたためたのであった。

海外名作物語は箱入りのハードカバーの全集で、水島のほかには、池田宣政訳「あゝ無情」「クオレ物語」、久米元一訳「家なき児」、高垣眸訳「ソロモンの洞窟」「宝島」、北川千代訳「アンクル・トム物語」、野村愛正訳「岩窟王」、江戸川乱歩訳「鉄仮面」、山中峯次郎訳「三銃士」、南洋一郎訳「ロビンソン漂流記」、太田黒克彦訳「乞食王子」、佐々木邦訳「トム・ソウヤーの冒険」などがある。このシリーズは、日中戦争が太平洋戦争へと拡大していく過程で「世界」と銘打つことがむずかしい状況になり、昭和十七年に刊行が打ち切られた。

しかし、戦後になって世界名作全集とあらためて再刊行された。昭和十二年から数えると昭和三十年代後半まで二十年あまりの長きにわたって、全国の少年少女に愛読されたことになる。水島にとって、最初の単行本がこの「小公女」であり、しかも講談社の人気シリーズとして戦前戦後をつうじて読みつづけられたことを考え合わせるとき、小説家水島あやめの代表作と位置づけていい。

「輝ク部隊」と文学界のうごき

昭和十年代前半の日本は、軍部主導の国家体制がさらに強固になり、太平洋戦争へと突き進んでいく時代でもあった。

昭和十一年には二・二六事件（二月）が起こり、日本の国名が「大日本帝国」と決まり（四月）、翌十二年になると盧溝橋事件（七月）、日独伊防共協定成立（十一月）、同十三年には国家総動員法公布（四月）、勤労動員の開始（九月）、同十四年にはノモンハン事件（五月）、欧州での第二次世界大戦開戦（九月）、同十五年には日独伊三国同盟調印（九月）、大政翼賛会結成（十月）、皇紀二六〇〇年記念式典挙行（十一月）、そして同十六年になって治安維持法改正公布（三月）、真珠湾攻撃と太平洋戦争開戦（十二月）へとなだれ込んでいく。

こうした軍事色一辺倒の時局の影響は、水島の作品のストーリーにもあらわれてくる。「少女倶楽部」に掲載された絵小説「制服の聖女」（同十三年四月号）と「吹雪に薫る花」（同十四年三月号）などがそれである。

「制服の聖女」は、高等女学校生の松尾美代子が都内の病院に収容された支那事変の負傷兵士を慰問し、買物などのお手伝いをして感謝されて、新聞に取り上げられるという話である。そして、「吹雪に薫る花」は雪深い新潟県の冬を舞台に、高等女学校生の英子ら数人が乗る汽車が吹雪で立ち往生したことから、おなじ汽車に乗り合わせた近隣集落の婦人の家に一時避難させてもらう話で、その家の長男が中国大陸南部に出征していたことから英子は慰問袋をおくって励ます。このように日中戦争の時代に、国内で暮らす女学生や家族のようすを描いている。

ほかにも、「講談社の絵本」にかいた「ヤサシイ女工サンタチ」（昭和十三年三月刊行「漫画と軍国美談」収録）や「千にんばりのはらまき」（昭和十四年四月刊行「漫画と出征美談」収録）などの作品も、銃後の活動がテーマになっている。

戦争の影は、月日をへるごとに出版界に及んでくる。

出版統制は昭和十三年から物心両面で始まっていた。まず商工省が用紙の使用制限を強化。内務省は「雑誌浄化運動」を展開し、主要婦人誌、一般娯楽誌、児童誌が対象となった。そして検閲による内容指導が厳しくなり、俗悪と見なされる扇情的出版物の規制と、民主主義、自由主義評論家の追放がはじまった。それは、思想的には自由主義、個人主義の排撃、経済的には営利主義の出版体制を否定し、国民を国策に順応させ軍事体制へと転換させるためであった。そして翌十四年には、さまざまな統制が相次いで公布されて強烈な締め付けが行われるようになり、国民生活は息苦しいものになっていった（「日配時代史」）。

そして、水島が身を置く大衆児童文学界もまた、時代の荒波に巻き込まれていく。

「少年文学作家画家協会」は、昭和十四年四月二十日に発足した。会長加藤武雄、幹事長池田宣政。参加者には、千葉省三、佐藤紅緑、太田黒克彦、水島あやめ、横山美智子、田郷虎雄、高垣眸（以上作家）、蕗谷虹児、高畠華肖、川上四郎、河目悌二、富田千秋、川島はるみ（以上挿絵画家）、横山隆一、田河水泡、宮尾しげを（以上漫画家）らが名を連ねている。長谷川町子が加わったのは十六年のことである。

会報第一号の冒頭「私共のねがひ」のなかで、幹事長の池田は「国民総進撃のラッパは高らかに鳴り響きます。少国民も、逞しい脚を伸ばし、健気に隊列を組んで私共大人につづいてくれます。その少国民の魂の糧となるべき純粋健全な読物を与えるために、私共は最善の努力を尽したいと希望に燃えているのであります」と書いている。この文面からもわかるように、あきらかに戦争協力を前提に設立された協会であった。水島は劇映画部委員の一員になっている。

ところで、日本政府は、昭和十五年が皇紀二六〇〇年にあたることから、十一月十日から十四日にかけて全国的に記念式典を挙行することを決定する。これまで使われてきた元号でも西暦でもない、皇紀という年号を唐突に持ち出したのは、侵略と戦争の正当性を国民に教えるために思いついた奇策のようなものであったのだが、好戦的な軍部主導の年月が長くつづいたことで、いつしか国民は思考停止の状態に陥っていて、この政府の誘導に意識も行動も巻き込まれていく。節約と緊縮が叫ばれるなかでありながら、国民は各分野でさまざまな祝賀行事を催すのであった。

文学界でも、いくつかの企画が考えられた。そのひとつが、「輝ク部隊」の活動であった。劇作家長谷川時雨が中心となり、陸海軍の資金協力をうけて、戦地の兵士たちへ慰問文集を贈ることになったのである。

「輝ク部隊」は、時局の動向に合わせるかたちで、軍部へ慰問袋を献納するなどの銃後運動を推し進める。そして、三冊の作品集「輝ク部隊」「海の銃後」「海の勇士慰問文集」を製作し、前線の兵士たちに贈ることになる。

昭和十五（一九四〇）年すなわち皇紀二六〇〇年一月、最初の慰問文集「輝ク部隊」が完成し、陸軍恤兵部《じゅっぺいぶ》に献納された。

執筆陣は五十九人にのぼっている。長谷川時雨をはじめとして吉屋信子、林芙美子、宮本百合子、窪川（佐多）稲子、円地文子、ささきふさ、大田洋子、村岡花子、北川千代ら、この時代を代表する女流文壇の名前と作品が掲載されおり、水島あやめもその一人として、「みんな仲よく」という童話を載せている。吉屋は「兵隊さんと娘」（随筆）、村岡は「時局と子ども」（随筆）、北川は「いくさにいったトラック」（童話）を寄せている。

陸軍に献納された慰問文集「輝ク部隊」につづいて、海軍向けに「海の銃後」と「海の勇士慰問文集」の二冊が製作された。

水島は、同年九月二十七日に第一ホテルで行われた第二回相談会に参加。出席した長谷川時雨、中村汀女、網野菊、円地文子、真杉静枝、平林英子、城夏子、横山美智子、由利聖子、大田洋子、村岡花子、熱田優子らと協議し、十月十五日頃までに原稿を集め、ふたたび編集会議を開くことを決定している。

こうして編集された「海の勇士慰問文集」は、翌昭和十六年一月に完成した。水島は、この慰問文集に「美沙子の日記」（スタジオ風景）を寄稿している。

少女小説集「友情の小径」と「櫻咲く日」

水島訳の「小公女」が刊行されてから一年半後の昭和十五年十二月。はじめての少女小説集「友情の小径」が文昭社から刊行された。

この単行本は、書名になった「友情の小径」をはじめとして、これまで雑誌に発表してきた少女小説と、あらたに書き下ろされた数作で編まれている。収録された作品は十編で、そのうち「チエの冒険」をのぞいて、主人公は学年こそさまざまだが、女学校にかよう少女が主人公になっている。そして「チエの冒険」の主人公チエもまた、高等科二年にあたる年齢で設定されている。このように「友情の小径」は、思春期の女学生やおなじ年代の少女を主人公にした吉屋信子の少女小説の系譜をついでいる短編集であった。

気になるのは、満州事変から日中戦争につづく長い戦争の時代が、この少女小説集にどのように影響しているかである。

収録十編のなかで、戦争が描かれているのは「チエの冒険」「美しき幸福」「吹雪に薫る花」の三作だけで、意外に少ない。理由は、戦争がまだ中国大陸という日本から遠い地で繰り広げられていた時期に書かれた作品が多かったからであろう。

しかし、翌昭和十六年六月、すなわち真珠湾攻撃の半年前に刊行された二冊目の少女小説集「櫻咲く日」(壮年社)になると、戦争色はかなり濃くなっている。

さきに刊行された「友情の小径」では、戦争の描写は物語の背景としての位置づけともいえた。それが「櫻咲く日」の収録作品になると、登場人物の父や兄弟が出征して戦死したり、戦地で大怪我を負って内地の病院に入院したりと、戦争そのものが前面に出てきて、それを支える家族や友人の悲惨さが直接的に描かれている。

水島は、この「櫻咲く日」のはしがきに、少女小説作家としての創作の動機と信条を、つぎのように記している。「小さい時から、体が弱く、おまけに姉妹もなかった私は、少女のころ、本が何よりの友だちであり、なぐさめでありました。/そのころ読んだ本の中で、心を打たれた数々の物語は、今でも、筋も人物も、ハッキリと思い出されます。／それほど、少女時代の感激というものは、強く鋭く、その感じは、しらずしらずの間に、その人の一生を通じての、生活や思想にまでつながりを持つものであることを、私は、自分自身の経験からも、深く感じています。それ故、よい少女小説を書きたい、感じやすく、やわらかな少女の心を、健やかに美しく育てて行くような少女小説を書きたい、とは、いまも私の何よりの願いなのです」。そして、いままでの少女小説にはひとつの型があって、登場人物は例えば裕福な家庭の令嬢だったり特別の境遇の少女が多かったが、「これからの少女小説は、そんな作りものであってはならない」「出て来る人物は、すべて、読者の皆さんにすぐ理解出来るものでなければならない、そして、それを理解することで、皆さんの心の世界が、少しでも広く豊かになるように―と、これが、いつも筆とるたびに、私が念じているところです」といっている。

戦争が長引いたことから、日本中のどの家庭にも戦地におもむいた親兄弟がいた。だから、登場人物が読者にすぐ理解できる存在となるように描こうとすれば、「櫻咲く日」に収録されたような物語になるのは自然ともいえる。

しかし、作者である水島の真の願いは、こうした物語をつうじて、読者の「心の世界が、少しでも広く豊かになるように」ということであり、「感じやすく、やわらかな少女の心を、健やかに美しく育てて行くような少女小説を書きたい」ということであって、「身も心も健やかに、すくすくと、のび行く皆さんに、この本がすこしでも、よいお友達として、愛して頂けるなら、私は本当にうれしい」と語っている。

少女小説といえば、吉屋信子の「花物語」に代表されるように、一種の甘美な感傷性が特徴のひとつではあるが、水島が描いたこの時代の少女小説は、戦時下という特殊な状況のもとで生きる少女たちの思いや行動を描きつつ、そのなかに少女らしさを失わないように配慮されている。少女小説作家水島あやめの眼差しは、読者である少女たちにやさしく向けられていたのである。

戦時中の作品と水島の執筆活動

昭和十六年十二月八日、日本は米英に宣戦布告して太平洋戦争がはじまった。水島は三十八歳になっていた。

開戦により、出版と言論がきびしく統制された作家受難の時代をむかえる。

当然のことながら、戦争の影響は、水島が活躍の主舞台とする「少女倶楽部」にも及んできた。昭和十六年、十七年に発行された「少女倶楽部」をみると、表紙絵には戦う少女たちが登場。紙質は劣化し一冊の頁数が減って、戦争関連の記事が多くなっていく。発行部数が史上もっともおおかった昭和十二年新年号は三百三十六頁だったが、十七年六月号では百九十八頁に、そして十九年六月号では六十八頁にまで薄くなっている。

当時のようすを、水島はつぎのように書いている。「あの大戦争となり、お手伝いはなくなり、日常生活は苦しくなり、その上、紙は無くなり、軍のケンエツは日に日にきびしくなって、従軍小説でもない限りは殆ど児童小説など書けなくなった」（「八十年の夢」）。水島のいうように、たしかに少女小説の掲載は少なくなっており、かつて毎号のように作品を載せていた吉屋信子や横山美智子らの名前はみられなくなっている。

そんな状況にありながら、水島の小説は数は少ないながらも掲載されている。昭和十七年の「少女倶楽部」に掲載された「櫻花の心」（二月号）と「日の丸かざして」（六月号）、それに「御民なれば」（九月号）である。

そして昭和十八年四月には、「美しい道」（壮年社）という単行本が刊行される。戦況の悪化が深刻になったこの時期に、少女小説が刊行されたことに驚きを禁じ得ない。

水島は、はしがきに読者にこう語っている。自分たちの子ども時代は、勉強も仕事も、みな自分のためか家のためにというのが目的で、みな自己本位のちいさいまずしいものだったが、「それにくらべて、今の皆さんは、何という幸福さなのでしょう。／皆さんの毎日の生活のすべては、お国のために―という、大きな輝かしい目的のために、貫かれているではありませんか。／国のために―、大東亜のために―、ひいては、世界の新しい幸福のために、皆さんは、自分を磨き、自分を鍛え、自分の力を捧げていられるのです。なんという大きな希望にみちた生活でしょうか」。だから「皆さんの大きな使命と、目的を果たすために、知らねばならぬことを、考えねばならぬことを、出来るだけたくさんに、とりいれましょう」と。作中には、主人公の少女たちが、出征家族などをささえるために託児所を開き、幼子たちを預かるエピソードが描かれている。こうした体制の意向にそって書かれた小説だったことで出版できたのであろう。

また、水島の取材記事も数回掲載されている。「少女倶楽部」には、第三十六回海軍記念日を迎えるに当たって日暮豊年海軍少将を訪ねたインタビュー記事（昭和十六年六月号）をはじめ、保健婦養成所、食糧学校などで働く女性たち（昭和十八年一月号、四月号、八月号）を取材し、銃後を守る女性たちの活動を紹介している。

ところで、戦争は作家たちを岐路に立たせた。内務省情報局が示した「執筆禁止者リスト」に載った者には、作品はおろか意見を明らかにする場もなくなる。リストに挙げられなかった者のなかに、自らペンを置く者もいた。いっぽう、軍の要請を受け入れ、従軍記者として戦地におもむく男性作家や、慰問団として現地をまわった吉屋信子、林芙美子、長谷川時雨ら女性作家もいれば、内地で執筆活動をつうじて戦争に協力的な立場を取る者もいた。水島もそうした一人で、出版社の依頼に応じ、小説や取材記事を書きつづけた。

しかし水島の場合、戦争を積極的に肯定したというよりは、現実を受け止め、たがいにいたわりささえ合いながら健気に生きる母子や少女たちを描いていた。とはいえ、国民総動員の広報的役割を果たす雑誌に執筆しているのだから、読者の少女たちを戦争応援に向けさせたと言われてもやむを得ない面もあった。

水島は何故、こうした立場を取ったのだろうか。

日本女子大学に入学して間もない十八歳の時、水島は生家から母を引き取った。母と異母兄たちが決裂したからで、水島はこのとき、一生母の面倒を見ていくところに決めた。それは、女であっても経済的に自立して生きるという決意であった。そして大学三年の九月に関東大震災を罹災する。廃墟の街で、みずからの進路を見失いかけていたとき、どん底にあった人々に希望を与える映画に出逢う。映画館に集う人々の笑顔、とりわけ子どもたちの輝いた笑顔に映画の可能性を感じた水島は、よき児童映画の物語を書きたいという新しい目標をもつようになった。こうして水島は小笠原映画研究所の門を叩き、日本初の女性脚本家としてデビューするのだが、公開二作目となったのが「水兵の母」で、水島が書いた脚本で製作された。この映画の原作者小笠原長生は当時海軍中将であった。長生の人脈の力によって、海軍が映画の撮影に全面的に協力する。そして完成した映画の試写会には東郷平八郎、高橋是清、犬養毅らが列席。大正天皇皇后両陛下、皇太子（のちの昭和天皇）、妃殿下も台覧する。そのおかげで映画は大ヒット。水島あやめの名は広く知られることになる。日本女子大学を卒業した水島は、その実績によって松竹蒲田撮影所脚本部に入社。女流シナリオライターとして活躍し経済的に自立する。母とふたりで生きていく経済的基盤を築いたのであった。

このように、水島は人生の窮地において、小笠原長生と海軍から多大な恩を受けていた。軍部の広報に加担する雑誌の依頼に応じつづけたのは、受けた恩に対して義理をはたす一面もあったのではあるまいか。また水島は、いったんは結婚して伴侶をえたものの三年あまりで離婚し、戦争に突入してからは病床の母を自分ひとりで護って生きぬいてきた。女であっても誰に頼ることなく、病気の母を護りながら家長として自力で生きていくためには、現実社会のなかで生活を成り立たせなければならない。そこには、戦地に赴いた男たちや、国内に残っていても国策にそって生きていた男たちにちかい心境があったのではあるまいか。戦争が完全降伏という敗戦で終わり、長い歳月をへたいま、当時の水島の作品や執筆活動を批判することは簡単かもしれない。しかし、母とともに生きる道を選択した水島の執筆活動には、うなずくだけの理由があると思っている。

東京大空襲と疎開

「少女倶楽部」誌上に掲載された水島の読み物は、昭和十八年八月号の取材記事「お料理に生かす精神」を最後に途絶える。

紙の配給量が激減したうえ掲載記事もきびしく規制され、水島ばかりでなく小説家の文章が採用される余裕など、もはやなくなっていた。昭和十七年二月号と六月号の「少女倶楽部」を見るかぎり、少年文学作家画家協会に名を連ねた作家のなかで、執筆しているのは水島以外にいない(挿絵画家では加藤まさを、辰巳まさ江、漫画家では長谷川町子がいる)。誌面はほぼすべて、戦争に関連する記事や読み物で占められており、小説に割かれる頁はほとんどなくなっている。そんな状況ではあったが、水島には執筆依頼がきていたのである。

昭和十八年に入ると戦況は日本の劣勢が明らかになり、各戦地で日本軍の後退が相次ぐ。そして同十九年十一月、B29による本格的な東京空襲が始まった。十二月になると毎日のように数百機のB29の編隊が襲来するようになり、各家庭では防空壕がつくられた。もっとも激しかった同二十年三月十日の大空襲では、人口が密集する浅草区を中心に下町一帯が爆撃され、この日だけで、被災家屋は二十六万八千戸、死傷者は十二万四千人、被災者総数は百万人を超えた。爆撃には大量の爆弾と焼夷弾が投下された。大都市の東京といえども木造家屋がほとんどであるから、空襲をうけた一帯は火の海となり、あとかたもなく焼失した。

四月になると、大森や蒲田などの京浜地区と川崎市や横浜市なども波状攻撃を受ける。そして、同月十三日、十四日の爆撃によって、都内では、さらに約二十二万戸が全焼し、死者は三千三百人に及んだ（早乙女勝元「東京大空襲」ほか）。

空襲による延焼は、水島が住む東京南部の大森区久が原の地域にもおよび、ついに水島は疎開を決意する。

水島の異母兄の高野梅之丞とその息子高野隆太郎、娘太田千枝が、水島母娘を迎えに行ったのは五月九日のことであった。

三人が久が原駅にほど近い水島宅に行ってみると、家のまえの道一本をはさんで、一面が焼け野原で家が一軒も残っていなかった。そして水島宅の裏側は、まだ家が残っていた。戦火はまさに目と鼻のさきまで迫っていたのであった。

水島の歓迎を受けた三人は一晩泊めてもらい、水島から空襲の恐ろしさを聞かされた。水島は「命からがらだった」「一面火の海だった」といい、さらに寝たきりでまったく動けなかった母サキが、自分で這って玄関まで出てきたのをみて、やっぱり死にたくなかったのだろう、火事になると人は金庫までも動かすと聞くが、人間はいざとなるとそういう力が出るものかなと感じたと語った。三人が泊まったその夜も空襲警報が鳴りっぱなしで、B29が落とす爆弾の音がしつづけていた。

翌日、男の高野梅之丞と隆太郎父子が交代で母サキを背負い、女の水島と太田千枝は荷物を持って、新潟の生まれ故郷に向かった。五人は、五月十日に東京を発ち、その日の夜に、やっとの思いで故郷新潟の六日町駅に降り立ったのであった。

疎開に際して、水島は松竹蒲田時代の映画に関するものや、それまで書いた小説などを、荷物になるのでとほとんど焼き、身の回りの物だけしか持ってくることができなかった。「蒲田時代のいろんな資料?みたいなものは、雑誌『蒲田』をはじめ、大箱二つもあったのに、戦争で、ソカイも出来ず、焼いてしまって、それでも惜しくて、ほんの少し、残しておいたのを、スクラップしておいたのがあって、『思い出の蒲田』としてとっておいた」(知人宛ての手紙)という。水島の遺品に戦前の発表作品などの切抜きがおおいのは、こうした事情による。刊行された単行本や付録本はそのまま持ち帰っているが、さまざまな雑誌に掲載された短編小説や連載物などは切り抜かれて、水島の手で表紙をつけて綴られている。ただ、これまでに確認されているすべての掲載作品が残っていないのは、四人で持ち運べる荷物にかぎりがあったからである。だから、数おおい作品のなかから選ばれたものは、水島にとって思い入れがある作品に限られている。

そして、水島あやめという人物と業績を調べるうえで、本人の日記や手紙の類がないことが残念でならないが、さきに紹介した新井石禅からの手紙のほかは、このときに処分されてしまった。

水島母娘の疎開からわずか三か月で終戦を迎えたとき、水島は「今思うと、あんなに早く終戦になるのならば、何とかして、無事に保管も出来たろうにと、おしまれて仕方がない」(「思ひ出の短歌」)と書き残している。とはいうものの、水島母娘が久が原をはなれて二週間後の五月二十四日と二十五日に、東京の南部はふたたび激しく爆撃されている。いずれにしても、水島の作品や日記は、戦火に焼失する運命だったのかもしれない。

こうして、あわせて七回の空襲を受けた東京は、開戦時六百八十七万人だった三十五区の人口が二百五十三万人に減り、全市街地の五〇・八%が焼失した。

故郷の六日町に疎開した翌朝、水島が目覚めたとき、昔とかわらないのどかな山鳩の鳴き声が聞こえてくる。素朴な山鳩の声や蝉しぐれ、そしてキリギリスの鳴き声などは、みな少女のころと同じであった。「ああ、生まれ故郷へ帰って来たんだ」という想いが、しみじみとこみあげてきて、水島の眼に思わず涙があふれた(「山鳩の声」)。

故郷に帰った水島と母サキは、いったん大月集落の生家に身を寄せたあと、しばらくして、サキの実家の所有する伊勢町の家に移り住んだ。父団之助はすでに亡く、母サキにとっては実家の世話になる方が心安かったからであった。

玉音放送と水島のつぶやき

疎開して三か月がたった八月十五日。日本は終戦を迎える。

水島は、母サキの実家和泉屋の茶の間で、当主の高野隆一、長男の隆夫らとともにラジオの前に座った。雑音で途切れ途切れにしか聞こえない天皇の言葉を、一同は耳を傾けて聴いた。そして、玉音放送が終わるとすぐに、水島は、さらりとつぶやた。「これで電灯もつくし、明るくなるし、平和になるし」と。

戦況の実態を知らない多くの国民は、戦争はまだつづくと思っていた。「残念だ」「もう少し頑張れ」と泣いていた。だから、水島の発した言葉は、たとえ戦争が早く終わってほしいと思ってはいても、けっして口に出さないこと、出してはいけないことだった。日本国民にとって禁句であることを口にすることは、まさに非国民といえた。

水島のつぶやきに、その場にいた者たちは唖然、愕然とした。教育者で小学校の校長だった隆一は、「何てことを言うんだ」と激怒した。隆夫は「どこか普通の人とは違っていて、違和感があった、ありすぎた」と語る。

しかし、国民に情報を伝える側の雑誌で長年執筆活動をし、しかも東京大空襲という生き地獄を身をもって体験してきた水島は、戦争をつづけることの誤りに、早い時点で気づいていたのであろう。

玉音放送が終わるやいなや、こぼれ出たつぶやきは、一日でも早く戦争が終わってほしい、終わるべきだと思いつづけてきた水島の本音であった。

昭和二十七年、水島は母校長岡高等女学校同窓会の会報に、戦後はじめての寄稿をしている。昭和十五年の寄稿が戦前最後であったからおよそ十年ぶりの寄稿であったが、この同窓会報がそれだけの長い歳月にわたって空白になったのは「あの呪わしい戦争のおかげ」だったと、水島は記している。「おかげ」という皮肉にみちた語に、水島の悔しさがこめられている。水島は小説や取材記事を書くうえで、銃後をまもる家族のつらく悲しい思いを数限りなく見聞きし、こころを痛めてきた。戦時中には、けっして口にできなかった思いが、水島の心中にくすぶっていたのであった。

七、戦後出版ブームと水島あやめ

～雪国の里から
全国の少女たちへの贈り物～

「少女の友」に掲載
（越後湯沢にて　昭27）

「魚沼新報」の復刊と執筆協力

満州事変から十五年、真珠湾攻撃から四年間つづいたながい戦争がようやく終わった。水島あやめは四十二歳になっていた。

水島とサキは、疎開した日から十年間、故郷の新潟県南魚沼郡六日町の伊勢町（現南魚沼市六日町）で暮らした。

終戦の年の昭和二十年は大凶作で、食糧難はきわめて深刻であった。戦時中に工場に動員された中学生は、こんどは原野の開墾と畑作にかり出された。少年期や青年期だった男性は、「常にガツガツして食べ物に飢えていた」と当時を語る。そだち盛りだった男性も「毎日雑炊ばかりで、夕飯にトンカツが食べたいというのが最大の願望だった」と回想する。

六日町伊勢町で暮らす水島母娘の食生活も粗末であった。水島は家の裏の畑で野菜を作っていた。そしてカボチャの花や葉さえも細かく刻んで、おひたしやゴマ和え、雑炊、みそ汁などにして食べていた。食糧不足もあったが、母サキはすでに寝たきりで、軟らかいものしか食べられなかったからでもあった。

終戦後しばらくすると、日本の社会は復興にむけた歯車が少しずつ動きはじめる。そして、新潟県の山あいのちいさな町では、地元紙「魚沼新報」が復刊した。

それを機に、水島は執筆活動を再開する。「二十一年の夏、久しく休刊していた魚沼新報が復刊することになり、私は、その応援として、少しでも紙面が賑やかに、又なごやかになることを願って、自ら買って出て、婦人子供の読物を書くことにした」(「魚沼紙切抜き集」)と、水島は書き残している。

遺品の切抜き集には、同紙に掲載された六十編あまり(連載を含む)の寄稿文や小説が綴られている。記事の種類は、映画関係、児童読み物、女性の生き方に関するもの、時事に関するもの、随想随感など多岐にわたっている。「自ら買って出て」とあるように、原稿料などない純粋な地域貢献の執筆であった。

掲載記事のなかから特徴的なものをひろってみたい。

まず、「映画」「映画界」に関するものだが、昭和二十二年一月一日号から「映画スターの思い出」(全五回)を執筆。田中絹代、川崎弘子、坪内美子、高杉早苗、飯田蝶子、吉川満子、林長二郎(長谷川一夫)、阪東妻三郎、鈴木伝明、岡田時彦、高田稔、大日方傳、上原謙、佐野周二、佐分利信ら、脚本家時代に交流した人気スターについて紹介している。

田中絹代については、「絹代ちゃんは大へんお酒が好きで清水監督と別れた一つの原因も清水監督が、お酒を少しものめないのに、奥さんの絹代ちゃんが、手酌でグイグイのむ、というようなことからだった」と回想している。

林長二郎（のちの長谷川一夫）については、つぎのように書いている。京都下賀茂撮影所で人気者だった林長二郎が、蒲田撮影所に移ってきたのは昭和二年のこと。「やって来た長二郎さんは、そのころはまだ、あまり人間修行が出来ていなかったとみえて、その上、下賀茂で一人天下でいたくせが出てか、とかく、撮影所の評判はよくありませんでした。血の気の多い助監督さんは『あいつ、お高くとまりやがって』などと、よくフンガイしていました」と。

そして、小津安二郎は阪東妻三郎について、「ああ、妻さんにゃ俺ぁ参ったよ。いい男だのう。残念ながら、彼に太刀打ち出来る男は、蒲田にゃないよ。あの男をなぁ、思う存分踊らせて（芝居をさせて）みたいもんじゃなぁ」（括弧内は著者）とつくづくつぶやいたと紹介。しかし、そんな妻三郎でも「人間の弱点はまぬがれがたく、監督に踊らされるどころか、あべこべに監督を踊らす位になって、何から何まで一人で切りまわすので、そんな作品なんかも、とかく独りよがりのものが多くて、あたら立派な芸を、いたづらに無駄使いしてるという感じのものがよくありました」と、水島は記している。

また、昭和二十三年六月六日号からの「映画の話」（全十一回）では、十九世紀末にアメリカのトーマス・エジソンが「キネトスコープ」を、フランスのリュミエール兄弟が「シネマトグラフ」

を発明したことから始まった映画の歴史を執筆。水島が松竹蒲田に在籍していた時期とほぼかさなっている大正十三年から昭和十年は、日本映画の第一期黄金期に当たり、松竹と日活がはげしく競っていたが、そのころの蒲田脚本部の活気に満ちたようすを紹介している。

さらに、掲載年月日は確認できないが、「『宗方姉妹』を見る」（上下）という記事もある。映画「宗方姉妹」は大佛次郎の小説が原作で、監督小津安二郎、脚本野田高梧によって、昭和二十五年八月に新東宝で製作された。出演者をみると笠智衆、田中絹代、高峰秀子、上原謙、高杉早苗、河村黎吉、坪内美子らの名前が並んでおり、水島が松竹蒲田脚本部時代にいっしょに映画づくりに情熱を燃やし合った仲間であった。

公開された昭和二十五年ころは、水島は小説の執筆に忙しい日々をおくっていた。しかし、かつての同僚たちがおおぜい出演し、製作にかかわった映画になつかしさをおぼえた水島は、ひさびさに映画館に足をはこんだ。そして小津の監督手法、野田と小津の脚本に「昔の職業意識をチョッピリ思い出して」「やりやがったな」と感服したりしている。そして、出演者一人ひとりの演技について感想をつづっている。水島がひとつの映画作品をとりあげて、監督、脚本家、俳優について、さまざまな視点から感想を述べた希少な文章である。

映画製作の世界に身を置いた水島だからこそ知り得た銀幕のスターたちの素顔や裏話を、新潟の山あいの地方紙「魚沼新報」の読者だけが読むことができたのである。

新憲法と水島あやめの女性観

昭和二十二年五月三日、「主権在民」「戦争放棄」「基本的人権の尊重」を三つの柱とする新憲法が施行され、日本は民主主義国家の建設に向かって歩き出す。少女時代から女性の立場が弱いことに疑問を持ち、自立の道を歩んできた水島は、個人の自由、平等、権利を尊重する新憲法を歓迎していた。

水島は、「女性」「婦人」についてのいくつかの所感を寄稿している。

まず、随筆「一年をかえりみて」(昭和二十一年十二月二十二日号)であるが、こんなことを書いている。新憲法によって男女同権となったことで、女性も一人前の人間としてみとめられるようになった。しかし、女性がほんとうに幸せになれるかどうかは、ひとえに、みとめられた権利を、正しく活かすかどうかによると水島はいう。男女同権とは、何も女が男と同じことをするということではない。女もひとりの人間として男と同等にその力が認められ、意見が用いられるということである。そこでまちがってはならないのは、「女は、どこまでも女として、男と肩をならべるということで、女が男と同じになるということではない」。それどころか、そうした人格をみとめられたということで、女性はいままでよりも一層自分をつつしみ、自分をみがき、人としての修養をつまなければならない。つまり、与えられた権利に相当するだけのねうちを、みんなが持っているということを、社会に示さなければならない。そして「これからの女性―特に社会の中心となろうという若い女性たちは、……すべての点に於いて、男子と肩をならべられるだけに、自分を育てていかなければなりません」「そうでなかったら、せっかく得た権利も自由も、ほんとに自分たちを幸福にするために、活かすことが出来なくなり結局、やっぱり女なんか駄目だということになってしまいます」と、女性の自覚と意識の転換をつよくうながしている。

この寄稿は、水島が高女と大学時代に新井石禅和尚から贈られた手紙と「女性訓」を思い起こさせる。石禅和尚は若き水島に、「女性として他の模範となるべく品行礼儀勉学に御はげみ…御郷里に賜りては地方婦人を誘導すべき位置に立つことを免れざれば家のため国のため大に自重せらるべく……」と諭し、つつしみぶかく、自分をみがき、人としての修養を積むことのたいせつさを訓えていた。水島のこの一文には、きびしく自分を律し、男性社会において「日本で初めての女流脚本家」「松竹蒲田で唯一の女性脚本家」として偏見や差別的意識と闘い、さらに戦前戦中の激動期においては、女であっても家長として母を護りとおしてきた水島のつよい信念が込められていた。

新憲法によって女性に求められる自覚については、こんな所感も寄せている。「女性よ太陽たれ」（昭和二十三年一月一日号）では、日本女子大の先輩である平塚らいてうらの女性解放運動を紹介したうえで、つぎのように書いている。

らいてうがいった「かつて、女性は太陽であった――」の意味を、今こそ、あらためてふかく考えなければならない。青鞜社の人々の主張する「太陽」とは、「女性中心主義」ともいうべき、高くて深いふくみがあるが、「私は、……太陽という意味を、もっとやさしく、ふへん的にとって、あたたかい愛情の中心としての太陽、人間の精神生活、物質生活を、明るく正しく照らす太陽——そういう意味において、女性こそその太陽になってほしい。いな、ぜひともならねばならぬと思うのである」と。そして、「きょくたんな自己主義、浅はかな自由、権利の横行、罪悪を罪悪とも思わぬ無恥厚顔——このような荒れはてた心の持主である国民に、どうして国家再建などという大きな仕事が出来よう。どのような計画も法律も、国民一人一人がこれに協力し、実行するのでなければ、決して成果はあがらないからである。これをいいかえれば、日本の再建は、まず、荒れ果てた人心の復興からだといえよう。／人心の復興——それは、人の心に、美しい愛情とまごころの花を咲かすことである。そして、明るく正しい光りをみなぎらすことである。そうして、その役目をはたすものこそ、太陽としての女性でなければならないのである。／一家の中心である主婦が、あたたかい愛情をもって、家族をつつみ、隣人をつつみ、更に明るい正しさをもって、心のヤミ、生活上のヤミを追い払うことに努力したならば、我々の周囲は、どのようにすがすがしく、よろこびにみちたところとなるであろう」。さらに、水島はいう。「家庭のみではない、職場にある女性が、その他、あらゆる場所における女性が、太陽の如く、明るくあたたかい光りをもって、あらゆるものを照らす時、そこにおのずからなる人心の、美しき復興が成されるのではあるまいか。／そうして、そこにこそ、はじめて国家の再建も、民族の明るい未来も、開けて行くのではあるまいか。／私たちは、もう一度、くり返して考えよう。／『原始（元始、）女性は太陽であった——』／そして、われわれ現代の女性は再び、太陽たるべき時にめぐりあった。しかも今ほど、その太陽の光りを求められる時はないのだ。／女性よ、太陽たれ。／家庭を、社会を、国家を、明るく正しく照らす太陽たれ」（括弧内は著者）と、声高に語っている。

このように水島は、日本の精神的復興に女性のはたす役割の大きさを力説した。それは家庭ばかりでなく職場や地域社会でもはたせることであると語った水島は、社会と男性の理解と協力の重要性についても書いている。

家庭婦人の実状は家事に忙殺され、読書や勉強会などから新しい知識を学んだり改善にむけて工夫したりする時間も、こころの余裕もない。それは女性の自覚の低さにもよるが、男性や社会の理解と協力も不可欠であると（「主婦のなやみ」「今年の婦人界」）。

また「女性の敵」では、全米大学連盟婦人部長ライト女史の「男性との本当の競争をする場合、一番の困難は女性のがわにある。女性こそ女性の敵なりで、女同士がたがいの出世をねたみ合うことが何よりいけない」という発言を紹介。水島は「あの進歩的なアメリカ女性においてもなお…」と驚きを示しつつ、「同性間のねたみ合いがなくならない限り、女性が男子と肩をならべての仕事は困難」だという。そして、さらに女性新憲法というものを制定するとしたら、その第一条に「おたがいに、ねたみ、そねみの心を無くし、力を合わせてたすけ合うこと」を挙げ、女性は「才能すぐれた同性には、みんなで、おしみなく援助を与え、欠点をおぎないあって、その人の才能を出来るだけのばし完成させてやるよう努力すべきである」と唱えている。

水島は、これまでにはなかった女性の権利と、それにともなって求められる自覚、そして日々の暮らしのなかで取り組めるであろう具体的な例を、みずからの知見や経験をもとに披瀝した。

最後に、時事問題についても寄稿しているので触れておきたい。水島は、新時代の国際情勢にも高い関心をもっていた。

第二次大戦後の世界には、はやくもアメリカを中心とする資本主義圏とソ連を中心とする共産主義圏という新たな対立の構図が生まれていた。こうした国際情勢において、日本が果たすべき役割を水島はつぎのように書いている。

世界は、アメリカを主とする一群と、ソ連を主とする一群とにわかれることは、もはやさけることの出来ないなり行きになっていた。この二陣営が対立した結果として、はたして両国間に戦争が引き起こされるのか、世界の関心のまととなっていた。こうした現状認識のもとに、水島は、「日本国民は、心から世界の平和を希望している。地球上から永久に戦争を絶滅したいと祈っている。しかし、この不安な国際情勢に対しても、何の役目をもはたし得ない現在の地位を、ただ悲しむばかりである。一日も早く、日本も世界平和のために、積極的につくし得る日を招来したいものである」(「このごろの国際情勢」昭和二十二年十一月二日号)と提唱している。

水島が憂慮した米ソの直接交戦は、第二次世界大戦の終結から七十年あまりがたった現在に至るまで起こることはなかった。がしかし、米ソの代理戦争は世界各地でくりかえされ、現在もさまざまな形態でつづいている。

水島は、日本は戦争という国民をはなはだしく苦しめる過ちを二度と繰り返してはならない。否、それ以上に世界平和の実現のために積極的に尽力すべきだ、と言い切っている。

戦前戦中をつうじて、水島は戦争に協力的な雑誌をおもな舞台として作品を発表していたことから、体制側に立って活動してきた作家のひとりだと思う人もあろう。しかし戦後間もない時期に書かれたこの文章で、水島は明確に、かつ断固として戦争を否定している。

戦争で家族をうしなった人々を取材し、それをもとに物語を創作して、情報発信側の第一線で活動していた水島は、一般の国民がふれることがなかった戦争の実態を見聞きする機会もおおかった。口にも文章にもあらわすことはなかったが、当然、前線の悲惨さと日本の劣勢、さらには軍部の判断のあやまりを、はっきりと認識していたのであろう。そして、みずからも東京大空襲を受け、九死に一生を得ていた。わが家と道一本はさんだ目と鼻の先まで焼け野原になるほどの猛火を目の当たりにし、身のまわりのものだけをもって、命からがら郷里に疎開してきた。そうした悲惨な体験をしてきた水島は、戦争をすることがあやまちであることや、これからの世界の動向、そして日本の進むべき道という大局についても、ふかく考えていたのであった。こうした想いを抱きつづけていたからこそ、終戦を告げる玉音放送を聞き終えるとすぐに、「これで平和になる」という赤裸々な真情がこぼれでたのであろう。

こうして水島の寄稿は、昭和二十三年の夏頃まで頻繁につづけられた。ところが二十四年以降は、毎年新春一月一日号への寄稿だけになる。戦後の出版ブームに拍車がかかり、東京の出版社からの原稿依頼に追われるようになって、小説の執筆と「魚沼新報」への寄稿の両立が難しくなったのである。

出版ブームと発刊された水島作品

出版界の復興は、終戦後ほどなく昭和二十年末頃からはじまった。児童書関連にかぎれば、講談社が「幼年倶楽部」「講談社の絵本」を復刊、また「少年倶楽部」「少女倶楽部」が「少年クラブ」「少女クラブ」へと改称、偕成社の児童図書専門への転向、そして偕成社を退職した社員がポプラ社を創立（昭和二十二年）し新規参入する。これら大手出版社以外にも、妙義出版社、雲雀社、三和社などの小さな出版社も活動をはじめている。

そして同二十一年になると、他の雑誌の創刊や復刊も相次ぎ、戦後出版ブームが到来する。戦争で涸れていた人びとのこころに、夢と希望に満ちたたくさんの物語や新しい情報が届けられるようになり、未来に向けて明るい兆しが芽ばえていく。本という本は発売する先から飛ぶように売れ、出版界は異様な活気に包まれる。

各出版社には全国の書店から直接注文が殺到し、なかにはリュックを背負って版元へ買い出しにいく店主もいたほどであった。水島の母サキの実家和泉屋でも、当時新潟中学の学生だった高野隆夫が新潟の本屋から買ってきた本を、背表紙ではなく表紙を見せてスペースを稼ぐ工夫をして販売した。紙は悪かったが、二十三、四年頃から本がたくさん出廻るようになっていた。戦後の出版ブームは、新潟の山あいのちいさな町にもやってきていた。

当時の子どもたちが、どれほど本や雑誌の発売を待ち望んでいたかというと、評論家草森紳一は、雑誌の発売される日の待ち遠しさと、書店へ駈けてゆくときのうれしさをつらいほど知っているると語っている。戦後しばらくは鉄道事情が悪く、しかも北海道だったこともあって、発売予定日がどんどんズレていく。一日に三度も四度も書店に行って店主に確かめると、「もう今日は、いくらきたって、入荷はないよ」と言われて「スゴスゴ帰る時は、もう泣きべそであった」(「『戦後』の少年雑誌文化について」)という。これは当時国民学校二年生だった草森の思い出だが、少女たちもまた同様で、雑誌や新刊書が書店に並ぶのを、いまかいまかと首を長くして待っていたものだと語る婦人もおおい。

当時の児童図書の出版状況をみると、たとえば偕成社の年間刊行数は、太平洋戦争に突入した十六年は三十五冊だったが、出版統制がピークに達した十九年には二冊まで減少。それが終戦の翌年に七冊、二十二年には二十冊、二十三年には三十四冊、二十四年には七十七冊と、うなぎ登りに上昇する。また、戦中戦後において出版物流通の中核をになった日配(株)の売上推移は、昭和十七年六月からの一年間は約二億二千六百万円だったが、十九年期には約一億一千一百万円まで減少。それが四年後の二十三年期には、約五十一億九千八百万円まで爆発的に伸びている(書籍・雑誌・教科書など全てを含む)。こうした数字が、戦後の人びとがどれほど活字に飢えていたかを示している。

この出版ブームの波が、山あいのちいさな町で暮らす水島のもとに寄せて来たのが二十一年であった。

「二十年、六日町へ疎開、敗戦となり、私は寝たきりの母と二人、これからどうしようかと、ほんとうに困ったが、その心配も束の間で、二十一年からは、いわゆる戦後の出版ブームが起こり、東京の出版社からの原稿依頼が相ついで、二、三年後には、ことわるのが大変という有様だった」（「八十年の夢」）と、水島は記している。

水島のもとにきた原稿依頼は、まず戦前に発表、刊行された海外名作の翻訳本と少女小説の再出版の話であった。

海外名作は、昭和二十一年十一月に「小公女」（バーネット原作）が少国民文庫の一冊として講談社より刊行されたことからはじまり、同年十二月「家なき少女」（マロー原作、偕成社）、昭和二十二年七月「雪の女王」（アンデルセン原作、妙義出版社）、同年九月「アルプスの山の少女」（スピリ原作、文化書院）、同二十四年十月「小さき明星」（スピリ原作、三和社。「アルプスの少女」の別題）、そして偕成社からも「アルプスの少女」と題して同二十五年九月に発刊される。さらに昭和二十五年には講談社が、戦前の昭和十二（一九三七）年から十七（一九四二）年にかけて刊行した「世界名作物語」を、さらに百八十巻まで拡大し、「世界名作全集」とする構想で再刊行をはじめたが、そのなかに、水島の訳した「小公女」（バーネット原作）と「家なき娘」（マロー原作）の二作品がふくまれた。

少女小説の再出版は、戦前に刊行されたアンソロジー「友情の小径」（文昭社）と「櫻咲く日」（壮年社）の二冊から十篇を再編集した「友情の小径」を、偕成社が昭和二十二年七月に刊行する。

その後、少女小説の刊行が相次ぐ。昭和二十三年五月に「愛の翼」（妙義出版社）と「白菊散りぬ」（偕成社）、同年九月に「久遠の夢」（偕成社）、同年十一月に「秋風の曲」（妙義出版社）、同二十四年三月に「母への花束」（偕成社）と「愛の花々」（雲雀社）、「乙女椿」（ポプラ社）、同年四月「嘆きの花嫁人形」（妙義出版社）、同年七月「あこがれの星」（妙義出版社）、同年十一月「古城の夢」（ポプラ社）、同二十五年一月に「野菊の唄」（三和社）、同二十六年十月に「形見の舞扇」（ポプラ社）、同二十七年三月に「忘れじの丘」（ポプラ社）、同二十八年十月に「涙の円舞曲」（ポプラ社）、同年十二月に「野菊の唄」（ポプラ社）、同二十九年二月に「嘆きの小鳩」、同年四月に「乙女の小径」（偕成社）と「あこがれの星」（ポプラ社）、同年九月に「花の友情」（ポプラ社）、同三十年五月に「秋草の道」（ポプラ社）と、途切れることなく出版される。

これらの単行本は、戦後書下ろされた長編一作のものもあるが、なかには書下ろしの中編に、戦前戦後に雑誌に掲載された短編を数作収録したものもある。そして、戦前に書かれた小説で日中戦争を時代背景に書かれた作品は、敗戦後の新時代を背景にして書き直されている。

こうした単行本の出版と並行して、「少女クラブ」「幼年クラブ」「少女サロン」「少女の友」「少女」「少女ブック」などの雑誌にも短編や連載を書いている。

水島がいうように、断るのが大変なほど原稿依頼が殺到し、やすむ間もないほどの忙しい日々がつづいた。

海外名作と少女小説で描いたこと

昭和二十一年から同三十年までに刊行された水島の単行本は、海外名作の翻訳本と少女小説に大別される。

海外名作では「小公女」「家なき娘」「アルプスの少女」の三作が、講談社、偕成社という大手の児童書出版社から発売され、いずれの作品も高評で版がかさねられた。

「小公女」（講談社、世界名作全集）のはしがきに、「みなさんも、これをお読みになられたら、きっと小公女セーラの美しい、やさしい心、どんな不幸にもうちかっていく雄々しさなどに、強く強く胸をうたれることでしょう。その感激は、みなさんの心に、どんなによい養いとなるかわかりません。……セーラとともによろこび、かなしみ、泣き、笑い、そしてセーラの美しく正しい心を―王女のごとくけだかく情け深い心を、じぶんの心としてくださったら、どんなにうれしいことでしょう」と、水島は読者である少年少女に語りかけている。

また、「家なき娘」（講談社、世界名作全集）のはしがきには、「私たちは、この『家なき娘』を読むと、人は、どんな不自由な、不幸な身のうえでも、自分の心一つで、さまざまな美しい喜びの花を見つけることができる、ということがよくわかります。そして、また、他の人のためを思い、みんなが幸福になるように考えることが、つまりは自分の幸福になるのだ、ということがよくわかります。私たちの一生には、いろいろな境遇の変化があり、さまざまな困難が横たわっています。どうぞみなさんは、どんな苦しい境遇になっても、明るく正しい心を曲げることなく、どんな不幸に出あっても、それにうちひしがれることなく、この物語の主人公のように、強い意志と、美しい愛の心とを持って、その不幸を切りぬけるようにしてください」とつづっている。

これらの語りかけは、原作者の想いを代弁していることはもちろんだが、それだけではなく、少女時代からつらい境遇にこころくじけることなく乗り越えて、日本で初めての女流脚本家となり、その後小説家となって全国的な活躍をするようになった水島自身の、子どもたちへのメッセージであった。その水島のあつい思いが翻訳した物語にこめられ、読者である日本の少年少女たちの心にひびいて、長い間愛読される作品となったのであった。

いっぽう、数おおく出版された少女小説は、主人公の年齢が十五、六歳の少女で、ほとんどは女学校（戦前）や新制中学校に通う女学生か、あるいは父や兄がまだ復員していなかったり戦死したりしたことで、学校をあきらめて家にはいり、家事や農業を手伝ったり町の店ではたらく少女たちであった。女学校が舞台の物語のばあいは、寄宿生活での同室の女子生徒や舎監先生とのかかわりを軸に、あこがれと友情、そこに誤解や嫉妬を乗り越えて、和解や新たな友情が結ばれるというストーリーなどが織り込まれている。主人公はみなやさしく聡明で、家族や友人そして周囲の人々への思いやりにみちた美しい少女であった。そして、母や教師そして女学生というように、同性との心温まる交流やあこがれがストーリーの典型となっている。また、故郷新潟を舞台にした物語もおおく書かれている。

少女小説といえば、大正末期ころから戦前にかけて爆発的に読まれたことから戦前のジャンルのように錯覚しがちだが、実際は戦後の昭和二十年代後半まで、さまざまな出版社から多数刊行されていた。なかでも偕成社とポプラ社からの刊行がおおく、戦後出版された少女小説の作者をあげると、吉屋信子、水島あやめ、城夏子、円地文子、北川千代、大庭さち子、三木澄子、横山美智子、由利聖子ら女性作家や、川端康成、菊池寛、佐々木邦、久米元一、加藤武雄、西条八十、北条誠らの男性作家も積極的に少女小説を書いていた。水島あやめもこうした戦後の少女小説全盛期にあって、数々の作品を世に送り出していたのである。

しかし、昭和二十六年頃から少女小説の人気が徐々に下火になってくる。それは「漫画王」などの漫画専門誌の登場や、「明星」「平凡」などの若い世代の娯楽的要求を視覚的に満足させた雑誌類の登場、さらには昭和二十八年のテレビ放送の開始など、あらたなメディアが人々に提供されるようになったからであった。

ところで水島は、このころのことを、少女小説の依頼ばかりで、いつのまにか少女小説作家という肩書をつけられるようになってしまったと書き残している。このつぶやきには、どこか自嘲めいた不本意な気持ちがふくまれている。たしかに、少女時代に吉屋信子の「花物語」に出会ったことで小説家にあこがれをいだき、その道をめざしたのではあるが、はたして本当に書きたかったものは少女小説だったのだろうか。

自伝的な短編「初雪」の最後に、水島はこんなシーンを書いている。母を生家からひきとるとき、「きっと立派なものを書いてみせるぞ」と決意したにもかかわらず、「生活苦に打ち負かされて、いつしか理想を失って」しまう。そして、ある娯楽雑誌の懸賞募集に応募した家庭小説が二等に当選したことがきっかけで、「今では雑誌社のどんな低級な注文をも、唯々諾々として引受ける、俗臭味たっぷりの通俗小説家に納ま」り、「しかも、此の頃では、我から努力して、少しでも商品価値の高いものを書こうとする、卑しい御用小説家根性になり切って了った」と自嘲する。そう来し方をふり返っている自分のまえで、年老いた母が無心に鯛めしを食べている。鯛めしは「生活苦」を克服し、経済的に余裕ができたことを表現している。そして、満足そうな母の顔をみた主人公は、「これでいいんだ。これでいいんだ。此のたった一人の母の幸福を守る。これこそ、私が生涯に出来る、一番偉大な、一番尊い仕事ではないか。これでいいんだ」と、みずからを納得させるようにこころのなかでつぶやくのであった。

水島の生涯に照らし合わせて見たとき、作中の「通俗小説家」とは、生活費を得るために家庭小説を書き、松竹キネマが求める「お涙頂戴」ものの脚本家となり、そして読者と出版社が求めるままにおおくの少女小説を書いて「少女小説作家」と呼ばれるようになった自らを指している。

脚本家時代の水島の夢は、芸術的な「よき児童映画」をつくることであり、そして少女時代から胸にあたためてきたのは「りっぱな小説家」になることであった。しかし、はげしく移り変わる時代のなかで、水島が選んで進んできたのは、生活を安定させ、母をしっかりと護っていく道だったのである。

六日町時代の暮らしぶりと生活信条

全国の少女たちにとってあこがれの小説家水島あやめは、郷里六日町の人々にはどのような存在だったのだろうか。

地元の女学校にかよっていた女性は、当時の思い出を楽しそうに語る。「私が女学生の頃、先生はこちらに疎開して来られていました。水島先生の話が出ると、みんな先生を見てみたくてね。誰かが『今日、水島先生を見かけたよ』というと、『え？ 何時頃？』『じゃ、また出てこられるかも知れないから、見に行こう』ということになって、先生がいつも散歩する道や、お家の近くで待ち伏せしたりしました。でも、なかなか先生も出て来て下さらなくてね（笑い）。当時の女学生は先生を見たくて仕方なかったんですよ。女学生はみな、先生にあこがれて本を読んだものですから。着物に高歯の下駄を履いて、羽織を着ていました。雨の日は、蛇の目の傘をさしていらっしゃいました」。まるで人気スターを出待ちするファンたちのような光景が、六日町の女学生たちの間で繰り広げられていた。

また、水島の人柄は気品があったという。少女時代に水島宅に何度か行ったことのある女性は、「やさしい人で、お茶などを出して下さいました。いろいろ話して下さいましたけれど、くだけた話などはしませんでした。偉い方と言う感じでね。綺麗な声でしたよ。髪は一つにまとめていて、パーマを掛けるようになったのは、だいぶあとになってからでした」と回想する。

さて、水島あやめが物語を執筆していたのは、六日町伊勢町の一軒家の二階の六畳間であった。小さな机が置いてあって、この机にむかって小説を書いていた。襖をへだてた奥の八畳間が母サキの部屋で、サキはずっと病床に臥していた。

水島は午前中に洗濯や掃除、食事の準備などをすませ、午後は机に向かった。部屋の四角い机の上に、原稿用紙と資料、それに少女小説を少しおいていた。あまり物を置かないこざっぱりした部屋であった。夜ははやく、八時か九時頃には就寝していた。家には電話はなかったから、出版社とのやりとりなどは手紙でしており、郵便局に出かける水島は、よく見かけられた。

ところで、寝たきりの母サキは明るい光を極度に嫌い、廊下や部屋の壁すべてに黒いカーテンを張っていた。昼間も真っ暗。食事をするときに薄暗くするくらいで、ほとんど寝たきりであった。食事も寝たままで、水島が何でも細かく刻んで煮込み、柔らかく料理して食べさせていた。サキはちょっとした物音にも神経がいらだち、二階で暮らす和泉屋の番頭夫妻が階段を登るとき、ちいさな音をたてただけでウルサイと怒られたという。ただ機嫌がよく、娘の水島とふたりで話すときは若々しい声で、とても明るく笑っていた。神経質なうえに気むずかしい性格で、娘の世話しか受けつけなかった。

水島は、買い物もたくさんせず倹約家であった。母サキがそんな状態だったことから、泊まりがけで出かけることなど、まったくできなかった。他人に迷惑をかけることを、ことのほかきらった水島は、病床の母をひとりおいて家を空けることはできなかったのである。

水島母娘の髪をセットしていた美容院の女性は、母サキにたいする水島のやさしさについて、こう語る。「とてもお優しい方でした。特にご病気だったお母様に対してのお気遣いは大変なもので、お髪の手入れに伺うと、そばにおられたお母様に優しく話しかけておられました。いつもお布団のシーツやカバーが白くてきれいで、物のない時代でしたから、お洗濯が大変だったと思います」。

水島の物語には、母と娘の愛情を描いたものがおおい。複雑な家庭環境に生まれ、少女のころから母と身を寄せ合って生きて来た水島のおいたちが反映していることはあきらかである。

水島は郷里六日町在住の十年間に三十冊ちかい少女小説を書いたが、優しさに満ちたこれらの物語は、こんな介護の日々のなかでつむぎ出されたのであった。

そして、水島の生活信条も特徴的である。

昭和二十九年の「魚沼新報」新春号に、「幸福な一年を」と題して、自らの生活信条を披瀝している。

「私は今年もやっぱり自己流の、ささやかな幸福に満足して、とにかくよい一年を送りたいものだと思っています」。自己流というのは、一言でいうならば「生きるよろこび」を見つけて暮らすことである。日々の生活は「生きる苦しみ」の連続ではないかという人はおおい。しかし水島は、ごく平凡で小さなよろこびを見つけるように心掛けている。例えば「コマゴマした仕事をかたづけて、さて一休みと、コタツに入って新聞を開く時のたのしさ、おせんたくを干しながら仰ぐ空の浸み透るような美しさ、読みたいと思っていた本を手にした時の心のときめき、そして病める母の床わきで、お茶をのみながら、取りとめもない話に興じるひととき―私は、しみじみと生きていることのよろこびを感じるのです。何というくだらないよろこびなんだ。そんなくだらないことに、生きがいを感じるなんて、何というバカな奴だ―と、一笑に附してしまう人もあるでしょう。しかし、私は、誰が笑ったって、さげすんだって、そういうよろこびを毎日味わうことに、心から幸福だと思っています。少なくとも、毎日、何かしらグチの種を見つけて、不愉快な日を送っているより、ずっとずっといい生活だとうぬぼれています」と。

どのような境遇にあろうとも、不幸の種を見つけようとすれば数限りなくあり、また喜びの芽を見つけようとすれば、どこかにあるものである。要は、その人の人生にたいする態度如何なのだと、水島はいう。こうした生き方は、もしかしたら少女時代に読んだ「小公女」や「家なき娘」「アルプスの少女」の主人公たちに教わったのかもしれない。

母サキが病床に就くようになったのは、昭和に入ってほどないころで、水島は二十歳代半ばであった。それから二十年以上も介護の生活を送ってきたわけだが、そんな水島の気持ちをささえていたのは、こうしたこころの持ち方であった。

そして、つぎつぎにやってくる少女小説の原稿依頼に応えるために、水島はこんなことにも気をくばっていた。「少女小説を書くためには、いつも、自分の心を、少女時代のみずみずしさでおかなければならない。少女の心、少女の感情を、的確に表現するためには、自分の感受性もまた、少女の状態におかなければならない」と。だから、「私は、今でも、まるで女学生みたいに幼稚」

で、高等女学校の同級生には孫のある人もいるなかで、自分は「おせんたくをしながら唱歌をうたい、秋風をきいてはセンチになるという有様です。長い間の習いが、いつか性になったのでしょうね」と語っている。だから時々、会った人に年齢を十才も若く見られて恐縮したり、新聞記者がインタビューにきたときに若いとびっくりされたりすると、「いかに精神年齢が幼稚であるかがわかるというものです」と笑っている。

とはいうものの、「とにもかくにも、三十年の昔、あの思い出の長岡高女のアカシアの木の下で、はるかに夢みていた『ペンの道』を、とうとう自分の道とすることが出来たのは、何といっても、一つの幸せだったと思います」(「皆さま！ お久しぶり」)と、来し方を振り返るのであった。

湘南海岸への引っ越しと母の死（みっつめの夢の実現）

疎開で六日町に来てから十年がたった昭和三十（一九五五）年六月、水島とサキはふる里での生活を閉じ、神奈川県の片瀬海岸へ引っ越す。水島は五十一歳、サキは七十八歳になっていた。新潟県の南魚沼地方は全国屈指の豪雪地帯で、冬になると十日のうち九日は暗い雲が低く空をおおう。現代のように除雪消雪体制が整っていない昭和のなかばすぎまでは、降った雪がそのまま積もりつづけ、家々はすっぽりと積もった雪のなかに埋もれてしまう。雪は、はやい年は十一月に降りはじめて翌年四月頃までつづき、人びとは太陽の光がとどかない暗い家のなかですごすことを余儀なくされる。そんな一年の半分くらいの暮らしを、水島は「蟻の生活と同じようなもの」であると語っている（「冬ごもりの雑感」）。こうしたきびしい環境は、病床ですごす高齢の母サキには、つらい日々であることは想像にかたくない。

母サキは、八十歳に近くなり衰弱が目に見えるようになっていた。そんな母を気づかい、水島は冬もあたたかい湘南の片瀬海岸に移り住むことにする。

光をさえぎるために黒い帽子に黒い目隠しをしたサキを、大勢の男性が担架に乗せて六日町駅まで運び、甥高野隆太郎と和泉屋の番頭藤島国吉が片瀬海岸まで送って行く。こうして水島の六日町時代は終わった。

水島母娘が移り住んだのは、神奈川県藤沢市片瀬南浜二九三二番地（当時）。江ノ島にすぐ近い住宅地であった。雪国とは異なり、一年をつうじて温暖な気候で、ふたりは静かな日々を送る。

しかし、八十歳を超えたサキの体力は、しだいに衰えていく。

そんな昭和三十三年。水島のもとにうれしい連絡が入る。NHKラジオが、水島の翻訳した「家なき娘」（マロー原作）をもとにラジオドラマを作りたいと言うのである。

当時のNHK教養部青少年課の担当者から送られた五冊の台本（わら半紙のガリ版刷り）は、いまも著者の手もとにある。それによると、第一放送の「お茶のひととき」（月曜～金曜、午後三時十分～）という番組で、昭和三十三年八月十一日から十五日まで、五回にわたって放送されている。脚本は松岡励子が書いている。

この頃になると、サキの衰弱はひどく、体力は限界にきていた。病床で、ラジオから流れてくる娘の翻訳した物語「家なき娘」に、耳を傾けるサキの幸せはいかばかりであったろう。水島が娘として、最愛の母へ贈った最後のプレゼントであり、親孝行であった。

水島あやめ訳「家なき娘」がラジオで放送されてから、わずか十四日後の昭和三十三（一九五八）年八月二十九日、母サキは八十一歳で他界する。

水島は、こう述懐する。「…疎開して丁度十年、六日町を去って、湘南片瀬に家を求めて移ったのだが、三年目には、母も亡くなり、私はついにひとりになった」。

最愛の母サキが亡くなると、水島も体調を崩し、ペンを置く。

晩年に交流の深かった知人宛の手紙に、水島は、こう書き送っている。「私は、若い時は、ずっと母の看病で（三十年）、どこへも出られず、母をおくってからは、もう体が弱って、生きていくのがやっとでした」。そして、「無理に無理を重ねた疲労が一度に出て、数年は殆ど病床ぐらしだった。それでも、その時は、馴れたお手伝いがいてくれたので、私は一生の大仕事をなし終えたような気で、毎日が安らかな日々だった」（「八十年の夢」）と。

十八歳の時、一生母の面倒を見ていくと決心した水島は、大学を卒業すると脚本家、小説家として成功して経済的に自立し、昭和になってからほとんど寝たきりになった母を、ペン一本で護りとおしてきた。その間、関東大震災と東京大空襲という二度の生き地獄も、母とふたりで生き延びてきた。

明治から大正、そして昭和に入って戦後に至るまで、女性が自立し生計を立てていくことはむずかしくきびしい時代であった。そうした男性中心社会を生き抜き、母を介護し守りとおして三十年あまり。五十五歳になっていた水島には疲労がいく重にも蓄積していた。とくに、文字を読みつづけた目とペンを握りつづけた手の疲労は、長い休養を必要とするほどであった。

それでも、母を護りとおすという生涯の願いを成し遂げた水島の胸中は安らかであった。

八、旅の支度

回想録「金城山のふもとで」とおだやかな日々

母が亡くなったことで、母を護り、ふたりで生きていくために小説を書く必要がなくなった。その後十年あまりは休養に専念し、ペンを執ることはなかった。

そして昭和四十二年三月。水島は湘南を離れ、新宿区中落合に引っ越しする。小島芳江（旧姓新田）宅の離れに、世話になることにしたのである。

芳江は長岡高女時代の仲の良いクラスメートで、生涯の心友である。ふたりは、女学校を卒業すると、ともに日本女子

老人ホームにて
（背後２階が水島あやめの部屋）

晩年の水島あやめ

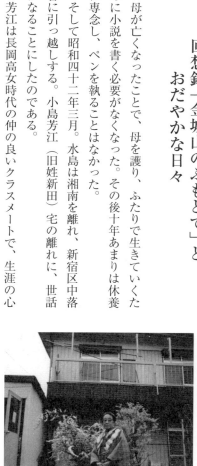

大学に進学し、大学を卒業してからも友情をはぐくみつづけてきた。

そうして、互いに年をかさねて初老の年齢にいたったとき、母を亡くして湘南海岸でひとりで暮らす水島に、近くに来てはどうかと、芳江が声をかけてくれたのであろう。

水島が生活していた離れは、母屋とはつながっておらず、台所も別であった。水島の生活は質素で、例えば鍋がふたつに茶碗がふたつだけというふうに、必要最小限のもので暮らしていた。

芳江の令息の夫人は、さっぱりとしてこだわりのない男性的な性格で、物事に頓着しない女性だったと語る。


静養の日々を送る水島も、いつしか六十歳を越えていた。

そんな水島のこころに、望郷の想いが募ってくる。そして、自らをはぐくんでくれた故郷の原風景をまとめて出版しようと思い立つ。

回想録「金城山のふもとで―私のわらべうた―」は、郷里の上村印刷所から自家版で発行された。昭和四十七年十月のことである。

この本は、すべての漢字にルビがふってあるが、それは童話や少女小説を書いてきた水島が、誰でも読めるようにと配慮したものであった。水島は「一生のうちで好きなように書こうと思っていた本」で、自分にとって「最後の著書になるだろう」といっていた。

この本には、水島の少女時代すなわち明治末から大正初めにかけての雪国の年中行事や風景が描かれている。餅つきや大掃除などの年越しのようすから始まり、新年のようす、鳥追いやサイの神など冬の行事、長い冬のあとに訪れる春の素晴らしさ、田植え、夏祭り、お盆の思い出、稲刈り、紅葉の美しさ、初雪のようすなどが、情感の込められた繊細な文章でつづられている。

観察力も感受性も豊かな少女が、その眼で見て体験したことを、丁寧に描いたシーンのひとつひとつは、読む人びとに深い感銘を与える。町史や民俗史は、客観性を重視するがゆえに、極力個人的な感性を排除して事実のみを記述することから、ともすると生活感さえも損なわれ、実感のともなわない無味乾燥なものになりがちである。しかし、人びとの暮らしは、さまざまな要素によってできているものである。例えば、四季のうつろいひとつとっても、光があり匂いがあり音があり温度が感じられ、人びとの暮らしぶりがある。そして、それらが混然一体となって五感を刺激し、思い出を形成している。

「金城山のふもとで」には、そんな雪国の四季の情景が丹念に描かれている。だから読み進むうちに、少女水島あやめが見た光景に読者自身の思い出が相まって、あたかも自分がそこにいるような感じにさせてくれる。

「金城山のふもとで」という回想録は、新潟の魚沼地方に生まれそだった人びとにとって、原風景を呼び起こしてくれる絵画のような作品になっている。

そんな昭和四十八年五月のこと。故郷では、学校統合で閉校となった大月小学校の記念碑の除幕式が、町長はじめ町議が列席してとり行われた。同小学校の卒業生であり、校歌の作詞者でもあった水島も招かれていた。

その席で、突然、「水島先生を名誉町民に推挙申し上げたい」という提案が持ち上がった。しかし、事前に何も聞かされていなかった水島は「みなさんに迷惑を掛けたくないから」と強く固辞し、結局この提案は取り下げられることになる。

火消し役として苦労した本多正は、その後機会あるたびに「あなたが期待したか意図したかは別として、あなたの業績は、あなた個人の権利や財産ではなく公共の文化財の一つなんです。だから、それを意義付け後世に残したいとする人たちの気持ちは尊重して頂きたい」と説得を重ねる。

本多は以前、水島の業績を顕彰しようと思い立ち、さまざまなことを水島に問い合わせていた。そのとき、いつか文学碑か筆塚を建立したいと伝えると、「それは、ぜったいに願い下げにしてほしい」と断られていた。理由は、世にある文学館や記念館の多くは、最初こそ注目されるが、時間とともに人々の関心もうすれ、閑古鳥が鳴いている。しかも自分の描いたものは「文学」などという高級なものでなく、興味本位のシナリオや小説に過ぎない。そんな大それたことをしたら、心ある人に笑われるばかりだというのである。

しかし、粘り強く顕彰の意義を説きつづける本多の気持ちに、ようやく水島も納得する。そして、「ふるさと」と題した「山はみどり　水は澄みて　雪深けれど　人あたたかく　よきかな　わがふるさと」という詩を、碑文用にと本多に託した。

こんなこともあった。ある日、かつての松竹蒲田の人気子役で、水島の映画に数おおく出演した高尾光子から電話がかかってきた。某テレビ局のモーニングショーに田中絹代が出演するので、つきあってあげてくれないかというのである。絹代から「こんなひととも一緒に仕事をした」ということで水島の名前が挙がり、高尾光子をとおしてお願いしてきたのであろう。このときも水島は、「それこそ寝耳に水の話」で「とんでもない」と断っている。

本多は、「如何にも明治の女性の典型で、人様に迷惑をかけたり、人目につく派手さを嫌ったようです」と、水島の人柄を書き残している。

有料老人ホーム入居と地元紙への寄稿

水島は昭和四十八年五月、千葉県柏市篠籠田の終身有料老人ホーム、ボンノールガーデンやわた苑に入居する。二か月後には七十歳になるときであった。

この老人ホームは、現在も東武野田線の豊四季駅から歩いて十分ほどの閑静な住宅街にある。水島が入居したころは周囲には畑がおおく、落葉樹の林も点在していた。

やわた苑は昭和四十七年十一月に延二十四室で開苑し、診療所を併設していた。健康管理がゆきとどいており、安心して老後をすごせる施設である。支援や介護を必要としない自立生活の可能な老人が入居条件で、一部屋一人が原則であった。部屋は六畳一間のほかにちいさな台所がついている。トイレも当時としてはめずらしい洋式で、老人が一人暮らしをするうえでの設備が整っていた。水島は、その第一回入居希望者のひとりであった。

このホームで、水島は十七年あまりの老後をすごした。

入居前年の昭和四十七年に出版された有吉佐和子の小説「恍惚の人」が年間売上一九四万部のベストセラーとなり、高齢者の認知症や介護問題が社会的な関心事になっていた。小島芳江の邸宅の離れで、およそ六年間すごした水島の胸には、七十歳になり老いが深まるにつれて親友に迷惑をかけることを避けたい思いがつのってきていた。母を三十年あまり介護しつづけ、その苦労を身にしみて知っていたからである。そして、ここにも、人さまに迷惑をかけたくないという水島の生き方が貫かれていた。

母を見送ったあとの水島は、故郷新潟県の地方新聞や地元紙からの依頼をうけて短い随想を書く程度で、ほとんど収入はなかったと思われる。それでも不自由なく暮らせたのは、脚本家時代や小説家時代の蓄えがあったからであった。

水島は質素な暮らしをしていたというのは、取材していくなかで複数の方々からきいた。そうした蓄えがあったからこそ、だれに頼ることなく有料の老人ホームに入居し、生活していくことが可能だったのであろう。水島はペン一本で身を立て、母を護りとおして、さらに自らの生涯をまっとうしたのである。

水島の姪にあたる太田千枝は大姪の子ふたりを伴ってホームに見舞いに訪れたとき、幼い来客をむかえた水島は、自分には子どもはいないが、もしいたらいい子にそだったことだろう、といって笑った。数おおくの少女小説や児童読物そして海外名作の訳本を書いてきた水島は、子どもにひとかたならぬ思いをいだいていた。晩年にいたって、わが子を持たなかったことに、一抹の淋しさを感じていたのかもしれない。そして、ふたりの幼子に、「親を大事にしなさい」と親孝行の大切さを訓え、「姉弟が仲よくするように」、「体を大切にするように」と諭した。水島は、みずからの生涯をふりかえりつつ語ったのであろう。

また、水島は帰省すると、かならず泊めてもらったのが、母の実家の和泉屋であった。お世話をした高野恵美子は、「義母（高野キミ）と水島さんは、まるで姉妹のように仲が良く、晩年はしょっちゅう手紙のやりとりをしていましたね。そして春には、大月の山にキノメやワラビなどの山菜を採りに行ったり、お墓参りに出かけたりしていました。大月や知り合いに会いに行くときは、主人（高野典夫）がスクーターに乗せて行きました。水島さんはタクシーなど乗り物がまったく駄目で、頭が痛くなってしまったようです」（括弧内は著者）。そして大月からの帰りは、甥の高野隆太郎がバイクにリヤカーをつけて、布団を敷いて水島を乗せ、和泉屋まで送ってきた。六日町に向かう道すがら、リヤカーにうしろ向きにすわった水島は、隆太郎に「ゆっくり走って」と頼み、金城山やその麓にたたずむ大月の集落、そして、その一帯にひろがる田園風景を眺めていたという。

七十歳もなかばを過ぎて人生の晩年を迎えると、水島のこころのなかでは、少女時代の故郷の光景が、いっそう懐かしさを増してゆく。そんなこころのおもむくままに、昭和五十年以降は「新潟日報」に数々の随筆を執筆している。

まず、昭和五十四年十二月二十一日から「雪の山里の冬ごもり」（全四回）と題して、野沢菜漬けの苦労やワラ仕事、機織り、そして雪掘りや道踏みなど冬の暮らしを紹介。翌五十五年三月十一日からの「ああ雪の村にも春が来た」（全四回）では、春の訪れを告げる「ナゼ」の音（屋根から雪がすべり落ちる音）、雪解けを待ち望みつつつくる手毬の思い出、青菜のおいしさ、雪囲いを解く開放感、梅が咲き誇る季節の喜びなどをつづっている。さらに、同年十二月二十四日からの「思い出の雪の正月」（全三回）には、年末のすす払いや正月の門松飾り、そして餅つきの楽しさ、家族がそろってご馳走を食べる年越し、初詣、書き初め、マキ呼び（一族の寄り合い）のようすなどを書いている。

また雑誌「魚沼文化」（魚沼文化の会）にも、「もう一つの細越峠」（昭和五十三年一月）、「写真昔ばなし」（同年六月）、「昔の文房具」（昭和五十七年六月）、「お菓子昔ばなし」（昭和六十一年三月）などの随筆を寄稿。これらの随筆はみな、水島の心のうちに残る少女時代の思い出や故郷の風景ばかりであった。

そして水島は、南魚沼郡の塩沢町で発行されていた「山野草の会」会報に、昭和六十二年から五回にわたって「思い出の山野草」を執筆。平成元年九月、八十六歳で書いた第五回は「わすれな草」についての高女時代の思い出をつづったものであった。

この寄稿の最後に、水島は「老年のため、近ごろは体調悪く、寝たり起きたりの日が多く、残念ながらこれを最後に会報とお別れすることにしました。どうぞ、……皆さんが、いつもお元気でいられますように、心から願ってお別れします。さようなら――」と書き添えて結んでいる。

これが、水島の公にのこされた生涯最後の原稿となった。

「旅の支度」と書かれた行李

母サキは、生来からだが弱く、一生の後半のほとんどを病床で過ごした。その血を引いた水島も、幼いころから体が弱かった。

しかし母を引き取り、自立の道を歩みはじめてからは、病気している暇もないほど気が張りつめた日々をおくってきた。そんなひとりで四役も五役もこなす暮らしを、「子供の時から弱かった私が、よくこんなに長生きしたものとおどろいています」と述懐している。親孝行したいというつよい思いが病気をはねのけ、数おおくの作品を書かせたのであろう。

つよい自立心は、他人に迷惑をかけることを厭わせた。そして、つつしみ深さと忍耐強さが、水島の人柄を端的にあらわす性格になった。名誉町民を辞退し、文学館やペン塚などの建立に消極的だったのも、田中絹代とともにテレビのワイドショーに出演することを断ったのも、人に迷惑をかけること、目立つことを厭うという性格の故であった。

そんな水島ではあったが、親戚や知人に宛てた手紙には、こんなことも書いている。「六日町の文化会館へ、他のいろんな昔のものといっしょに寄付したいと思う」と。また蒲田にシネマタウンができるのであれば、「もう少しで、手元をはなれそうだった記念物?が、昔なつかしい蒲田のために、少しでもお役にたちそうだということで、ああ、とっておいてよかった―と思いました。

しかし、その切抜きは、ほんの少しだし、私が好きなことを書き添えたりしてあるので、このアルバムのままではどうしようもないだろうと思うので、これをもとに、どのようにしてでも、蒲田の記念になるよう、役立ててくだされば―と思います」とも書いている。そして、「こんなことになるのなら、映画の台本や、スターの年賀状、お中元のおくりもの、など、もっともっと記念になるものが沢山あったのに、『戦争さえなければ』としみじみ思います」とも書き残している。

本多正の説得を受け入れたあとの水島は、自分の作品や足跡に関する諸々のものを、故郷の六日町や青春時代をすごした蒲田の町に託そうとしていた。

郷土史家の林明男が、水島の最晩年に老人ホームを訪ねている。水島が雑誌「魚沼文化」に寄稿した「もう一つの細越峠」について取材するための訪問であった。

「片づけられた部屋に置かれていた行李に、『旅の支度』と書かれていたのが忘れられません」と林は話す。

八十歳を越え体力の衰えを感じていた水島は、その時すでに身のまわりの品々を整理しはじめていた。そして「お嬢さんへ」と言って、林に人形をくれた。このころになると、水島は世話になったり親しかった人々に、少しずつ形見分けをしている。

魚沼地方の暮らしをつぶさにつづった回想録「金城山のふもとで―私のわらべうた―」や、故郷雪国を舞台とした数々の少女小説や随筆もまた、水島が故郷の人々に残した形見だといえよう。

水島の最期のようすを聞いたとき、著者の脳裏に水島が著わした二編の人物伝が思い起こされた。一編は「大阪城の花　木村重成」で、もう一編は名婦物語「春日局」である。

木村重成の最期については、すでに書いたので、ここではぶくが、春日局の最期もまた、水島は感動的に描いている。

徳川三代目将軍家光のお守役として仕え名君に育て上げた春日局は、六十歳をすぎたとき、ふとしたことから病にかかり、そのまま病床に臥すようになる。しかし、かつて家光が天然痘にかかったおりに東照宮に誓いをたてていたことから、局は一滴の薬湯も口にしようとしなかった。日に日によわっていく局を見舞った家光が、薬湯を手ずから局に勧めると、局は有難く押し頂き口に含むが、一滴も喉にはとおさず、内ぶところへ流しこんでしまう。そして家光の繁栄が幾久しくつづくことを祈りつつ永眠するのであった。

人の人生観や美学は、窮地や死に直面したときに顕現する。

重成の場合、徳川からの帰順の誘いと大阪城陥落がそのときであった。すでに豊臣家滅亡の避けがたい状況にあってもなお、恩ある主君に仕える道を選択し、最期まで仕えきる。そして春日局は、一度立てた誓いを最期の一瞬まで貫きとおしている。

家族のなかで孤立した母を自分が引き取り、最後まで護りとおしたこと。太平洋戦争において敗戦の色が濃くなったときでも執筆の依頼に応じつづけたこと。そして、みずからの死期を悟ったとき、死後の葬儀の準備をすませ、医師の往診をことわって旅立ったこと。

水島の生涯をとおしてみるとき、この木村重成と春日局の生き方に相通じるものがある。

八十歳の時、水島は自らの人生をふり返り、こんなことを書いている。「八十年の夢を思い返してみると、不思議に苦しい時のことは、あまり心に残らず、母とくらしたたのしい日々、その母を、とにもかくにも自分の力で、生涯を無事に守ってあげた—という思いだけが、いつまでも私の老いの心を、あたためているようである」(「八十年の夢」)。

二十世紀という激動の時代を、病弱な母を護りながらペン一本で生き抜き、納得のいく人生だったと、水島あやめはいう。

こうして平成二年の大晦日。水島は八十七歳の生涯を静かに閉じる。

母を愛し、故郷を愛し、映画シナリオや小説や随筆など、ペンをつうじて全国の人々に語りかけ、夢と希望そしてあこがれと思いやりを贈りつづけた人生であった。

亡骸は、水島の希望により、金城山が望める六日町極楽寺の母方目黒家の墓に納められ、母サキとともに眠っている。

逸話

当選脚本「久遠の華」のミステリー

昭和二（一九二七）年、故郷の新潟県で長岡高等女学校の同級会が催された。そのときのようすを記した幹事の一文に、こんな記述がある。「…『お坊ちゃん』を封切りに数多の作品は、どれも高評だが、中でも最近の『久遠の華』は一番の力作で、もう当選した時は御自身より母君の御喜びは、尋常一様ではなかった…」（妙子記「七年振りのクラス会」）。

幹事は、脚本家として絶頂期の一番の力作が「久遠の華」であり、それは「当選」したものだという。当選したというのだから、何かの懸賞に応募していたと思われる。しかし、水島の公開作品に「久遠の華」という映画は見当たらない。

当時の雑誌を丹念にめくってみて、ようやくことの経緯がわかった。

水島の松竹蒲田デビュー作「お坊ちゃん」の合評会が掲載された雑誌「映画時代」創刊号（大正十五年七月号）に、「本誌創刊紀念　映画脚本懸賞募集」という記事が載っている。その募集要項は、主題は自由で、現代思想、現代生活に触れ、しかも大衆的なものとあり、「一等賞金、二千円。締切り、七月三十一日。当選発表、九月号誌上」、そして当選作品は「信頼すべき映画会社に映画化せしむることあるべし」とある。水島は、この公募に「久遠の華」という自信作を、「荻野夢子」という別のペンネームで応募していたのである。

募集は締切られ、当選発表の日がきた。しかし、予定された九月号で、当選は発表されなかった。編集後記に、「本誌懸賞映画脚本は、応募者二千を突破する盛況を呈した」「右当選脚本に対し、日活が撮影方を懇請して来たので日活に許可することに、略決定した」と報告しただけであった。

予選通過作品の百編が掲載されたのは、翌十月号であった。しかし、この通過作品のなかには、「荻野夢子」こと水島あやめの「久遠の華」は選出されていなかった。そして、この発表の遅れについて、編集部は「何しろ短いので百枚、長いのになると三百枚、五百枚（中には千枚以上のものも少なからず）のもの千五百篇以上を洩れなく目を通したのだから」と弁解し、「愈々次号を期して、一等当選者を発表する。…次号を期待せられよ」と約束している。

ところが、この約束もまた、果たされなかった。当選に値する作品がなく、再度募集がかけられたのであった。

あらためて予選の最終通過作品十編が発表されたのは、翌昭和二年の四月号であった。そして、そのなかに荻野夢子の「久遠の華」が選ばれていた。水島が応募したのは、最初の公募ではなく、再募集のときだったようである。

記事は、「此処に改めて明言しておくことは、今回は、此の十篇中から、必ず当選作品決定するということと、その当選シナリオは、直ちに、日活の手によって、同社の全力を尽せる特作品として、映画化されることに確定しているということである」と明記している。そして、今回も最終決定まで至らなかった理由について、当選脚本は日活での映画化が決まっており、「その方の条件も考えなければならず…返す返すも申訳ない」（編集後記）と詫びている。

そして、翌五月号。待望していた最終当選者がようやく発表された。

「二千円懸賞映画脚本当選発表

本誌創刊紀念懸賞当選脚本

久遠の華（本誌次号に掲載）

荻野夢子氏作

昨年七月本紙が創刊紀念として、二千円の賞をかけ普く天下に募集した懸賞シナリオは最後の厳重なる審査の結果右の一篇を当選作として決定発表に至った」とあって、最後に、山本有三、菊池寛、久米正雄、谷崎潤一郎、宇野浩二、正宗白鳥、近藤経一、岸田国士、森岩雄、村田実、橋高広と、選者全員の名前を列記（順不同）している。こうして、荻野夢子のペンネームで応募した作品が一等に当選したのであった。

この一等当選は、城戸四郎のアイデアをもとに一等当選した「お坊ちゃん」とは、まったく意味が違っている。自らで創作した脚本が、今をときめくそうそうたる選者らの選考をへて一等に当選したわけで、それは水島に歓喜をもたらした。当選発表掲載の雑誌を手にした水島の横で、母サキは、まるで子どものようにはしゃいだ。

さらに、当初の募集要項で、当選作品には「二千円に値する作品なしなどの口実にて、撤回することなし」と確約している。蒲田脚本部に正式に採用され、安定した収入が得られるようになってはいたものの、二千円という高額の賞金は、当然、水島母娘をおおいによろこばせた。

ところが、当選脚本を翌六月号に掲載するという約束は、映画化する日活の都合で、またしても延期になる。

それからまた、これにかんする記事は掲載されることがないまま月日が過ぎる。

そして九月号。最初の脚本募集から一年二カ月、当選発表から四か月がたっていた。

この号に、赤色刷りで三つ折りにしたおおきな記事が掲載される。

「『映画時代』懸賞映画脚本公告
本誌懸賞映画脚本『久遠の華』に就ては、もっと早く一切を公表しなければならなかったのでありますが、種々の事情から、今日に到るまで、それを為し得なかったことを、読者諸君、殊には応募者諸君に謝する次第であります。

が、ようやく、その一切の事情も解決し、ここに当選者荻野夢子氏の本名を発表し、氏に賞金を贈呈することを得るの運びに至りました。

即ち、当選者荻野氏は、かの諸口十九氏が帰朝第一回作品の募集を為したるときこれに応募して、一等に当選せる『お坊ちゃん』の作者にして、現在は松竹蒲田撮影所の脚本部員たる水島あやめ氏であったのです。

なお、此の当選スト（ー）リーは、早速にも本誌上に発表すべきでありますが、本スト（ー）リーを映画化する日活会社の希望により、これが映画として封切らるる時、同時に発表することとしましたから、多分、本誌十月号か、十一月号を待って戴かなければなるまいと思います。

右公告致す次第であります」（括弧内は著者）。

公示の発信者は、文芸春秋の「映画時代」編集部であった。

「もっと早く」公表すべきだったが「種々の事情から」それができなかったというが、いったいどのような事情があったのか？　そのうえ、荻野夢子が松竹蒲田所属の脚本家水島あやめであると判明してもなお、日活で映画化が進められるという。不可解な文面がつづられていた。

さらに、同号のページをめくっていくと、こんな記事も載っている。「映画時代」の編集担当で、この懸賞の選考者の一人でもある近藤経一が、「此の決定発表の遅延に就ては、此処に云いにくい、諸種の事情（それに就てはいずれ詳しく発表したいと思っているが）があったのであるが、結局、責任は全部私にあることなので、読者諸君、殊に応募者諸君に対しては、切に、御寛容の程をお願いする次第である」というお詫びの文章である。ここでも「此処に云いにくい、諸種の事情」とくり返している。しかも「責任は全部私にある」と近藤はいっている。

これを最後に、「久遠の華」にかんする記事は、ぷっつりと途絶える。近藤がいずれ詳しく発表したいといっていた「諸種の事情」についても明らかにされたかどうか確認できないし、「日活四十年史」や「日本映画作品大鑑」をめくっても、製作された形跡も見当たらない。松竹蒲田脚本部に籍を置く水島の立場が問題になった可能性が高いが、あるいは、脚本募集の企画運営を担当した近藤経一に、なんらかの不手際があったのかもしれない。

こうして、水島の「近年における最高の力作」で、母と手を取り合って当選をよろこんだ作品は、幻のものとなってしまった。当然のことながら、水島の落胆はおおきかった。あまりの情けなさに、脚本を書くのをやめてしまおうかとさえ思うほどであったという。

それにしても、水島の作品を中心に、雑誌「映画時代」（文芸春秋社）と日活と松竹蒲田の間でどのようなやりとりが展開されたのか、また水島の一番の力作とはどのようなストーリーだったのか、そして一等賞金の二千円ははたして水島のもとに支払われたのか──興味深いものがある。

「サンデー毎日」「女人芸術」に新人女流作家と紹介される

昭和初期は、数おおくの女流作家が文壇に登場した時期であった。水島あやめも、そのひとりとして大衆雑誌「サンデー毎日」と女性雑誌「女人芸術」に紹介されたことがある。

「サンデー毎日」は、大阪毎日新聞社が大正十一（一九二二）年四月に創刊し、およそ一〇〇年後の今日にいたるまで週刊雑誌界をリードしている雑誌である。初期の「サンデー毎日」は、アメリカのサンデー・トリビューンの「サンデー版」にならったタブロイド判の週刊雑誌で、政治、経済、スポーツ、生活など一週間のできごとを網羅して掲載していたが、同年七月に別冊「小説と講談」を発行すると売上がおおきく伸びた。これを機に、編集方針を徐々に小説、講談、随筆などの文芸読物中心へと移行。そして大正十五年になって小説の懸賞募集をはじめ、おおくの新人作家を世に輩出して新人大衆作家の登竜門となっていた。

そんな「サンデー毎日」に、水島あやめがはじめて取り上げられたのが、本編でも紹介した大正十五年五月九日号の「わが映画界の新しい職業　女流脚色家の話」という記事であった（本編「脚本家としての日々」を参照）。編集者が記した冒頭の囲み記事には、映画先進国のアメリカではすでに複数の女流シナリオライターが活躍し重要な地位を占めているが、日本映画界ではわずかに水島あやめと林義子（日活）の二人にすぎないとある。そして、「映画劇の脚色などという仕事は男よりむしろ女性に適しているかと思われる様な点がないでもありませんから将来日本の映画界にも女流脚色家の活躍する時が案外早く来るかもしれません」と展望している。この指摘はまさに先見の明であって、今日の映画界やテレビドラマ界での女性脚本家の活躍は目覚ましいものがある。そしてこの記事は、水島あやめが女流脚本家の先駆者だったことを示している。

水島がつぎに「サンデー毎日」にとりあげられたのは、昭和二年九月十五日号で、水島は「脚本家志望者の話」のなかで、脚本家志望の女性から送られてくる手紙や原稿に、辟易し苦慮する心中を吐露している。

そして三度目に「サンデー毎日」に取り上げられたのが、昭和四年八月二十五日号である。「女性作家号」と銘打たれた企画で、いっしょに紹介されている作家は十名。長谷川時雨、上田（円地）文子、田中絹代、林芙美子、水島あやめ、茅野雅子、柳原燁子（白蓮）、今井邦子、神近市子、城しずか（夏子）で、それぞれ小説や短歌、随想を寄せている。水島が発表したシナリオ「月見草」は、ある夕暮れ時、月見草の咲きほころぶ川原での兄と姉妹の三人を描いた短編であった。十七、八歳の兄と十歳くらいの妹が無邪気にたわむれるかたわらで、十五、六歳の姉が咲きほころぶ月見草の花びらをちぎってはもの想いにふけっている。暮れなずむ川原ではしゃぐ兄とおさない妹、そして思春期をむかえている姉の心情を幻想的で抒情的に描いている。

このとき紹介された水島のグラビア写真は、大柄の縦縞模様の和服を着た水島が縁側にすわり、団扇を片手に笑顔で振りかえった瞬間を撮ったもので、松竹蒲田のカメラマンが撮影したものではと思わせるカットである（口絵参照）。水島の満面の笑顔には、脚本家として充実した日々をおくっているようすがうかがえる。

ところで、当時もっとも人気が高かった女流作家といえば、吉屋信子である。しかし、この企画に吉屋信子は取り上げられていない。理由は、前年に門馬千代とパリに渡っていたからであろう。この特集号が発行された八月というと、吉屋と千代はヨーロッパを発ちアメリカをまわったあと、日本に向かう船上だったと思われる。

そして、水島あやめが雑誌「女人芸術」に取り上げられたのは、この二か月後の昭和四年十月のことであった。この企画も、さきの「サンデー毎日」と同じ路線のテーマで「新人小説号」となっている。この号では新人作家の十四篇の創作が掲載されており、窪川いね子（佐多稲子）、真杉静枝、大田洋子、長谷川かな女、大谷藤子、中本たか子らとともに「水嶋あやめ」（傍線は著者）の名がある。水島の活躍によって、小説家、劇作家、詩人、歌人にくわえて、シナリオライターが作家の仲間として認められたということであろう。水島は「一つの資格」というシナリオを発表。モダンにくらす新中間層の婦人の生態を描いている。

巻頭のグラビアページに載った水島の肖像写真は、すこしやつれており、水島は「病み上りの或日、会社の都合で撮らされた写真です。あっちを向け、此方を見ろ、手を組め、笑いそうな顔をしろ、なんて沢山注文されて、仕方なく苦笑したところ。―丁度私達の仕事と同じ様な写真―」と、ユーモアをこめたコメントを載せている。

ここで「女人芸術」という雑誌についてもみておきたい。「女人芸術」は、劇作家の長谷川時雨が立ち上げた女性雑誌である。時雨は、文壇における女性の地位の向上に情熱をそそいだ人物である。菊池寛が「文芸春秋」を創刊したのは大正十二年で、時雨もその年の七月に、友人の作家岡田八千代（小山内薫の妹）をさそって最初の「女人芸術」を創刊した。しかし、二か月後に関東大震災が起り、廃刊を余儀なくされる。そして昭和三年七月に、同人誌ではなく一般誌として、あらためて創刊する。創刊する目的は、女性作家が自由に書いて力を発揮できる舞台をつくり、新人の女性作家を発掘して育てることであった。夫三上於莵吉は大衆小説の人気作家で、折りしも円本ブームで多額の印税がはいり、女性ばかりで女性のための雑誌を出したいという時雨に、二万円の資金を援助する。企画、編集、執筆、読者のすべてを女性がするという方針をたてた時雨は、発刊にさいして、生田花世とともに、与謝野晶子、平塚らいてう、富本一枝（尾竹紅吉）、神近市子、今井邦子、ささきふさ、山川菊枝、岡田八千代らに協力と参加を呼びかける。こうして女流文壇史のエポックとなる雑誌「女人芸術」が、あらためて発行されたのであった。

「女人芸術」には、じつにおおくの女性たちが参加し、また作家デビューした。林芙美子、上田（円地）文子、窪川いね子（佐多稲子）、野上弥生子、中条（宮本）百合子、湯浅芳子、三宅やす子、宇野千代、大田洋子、岡本かの子、柳原燁子（白蓮）、今井邦子、深尾須磨子、望月百合子、若林つや、横田文子、真杉静枝、長谷川かな女、大谷藤子、中本たか子、小池みどり、小寺菊子、平林たい子、北川千代、矢田津世子、熱田優子らである。なかでも、林芙美子がこの雑誌に「放浪記」を発表し、作家としての地位を確立したことは有名である。

この「女人芸術」は、時代の影響をうけて次第に左傾化し、四年間で四十八冊を発行して廃刊するが、その後、文芸リーフレット「輝ク」が創刊され、戦前の「輝ク部隊」の結成へと引き継がれていく。この一連の女流文学者の活動を、一貫して牽引したのが長谷川時雨であった。

日本近代文学の研究者紅野敏郎は、長谷川時雨について、「明治、大正、昭和三代にわたっての多彩な仕事の幅」は「純度において（樋口）一葉に劣るが、幅においては（平塚）雷鳥に劣らず」、「全生涯における仕事の幅、その曲折という点になると、長谷川時雨のほうが大きかったのではないか」（括弧内は著者）と評価。そして女性が主宰した雑誌三誌すなわち与謝野晶子の「明星」、平塚らいてうの「青鞜」、長谷川時雨の「女人芸術」をあげて、「『明星』には『明星』の群れがあり、『青鞜』には『青鞜』の群れがあり、『女人芸術』には『女人芸術』の群れがあった」（「長谷川時雨の史的位置」）というように、それぞれの群れが活動を推し進めて、それまで男性中心の社会だった文壇の重くて厚い扉をこじ開け、女流作家の時代を切り拓いたのであった。

現存する水島映画「明け行く空」のエピソード

水島あやめの映画作品で現存しているのは、昭和四（一九二九）年に封切られた「明け行く空」がもっとも古いもので、ほかに「親」（昭和四年）、「美しき愛」（昭和六年）、そして電通活動写真部が学校巡回映画として製作した「雪晴れ」（昭和十一年）が確認されており、いまでも鑑賞できる（国立アーカイブズ、マツダ映画社所蔵）。

「明け行く空」という映画は、雑誌「少女サロン」の懸賞で当選した新井睦子の小説を原作に、水島がシナリオを担当した。夫が亡くなり離縁された母と、義父のもとに残された娘との再会と別れを描いたもので、子を思う母と母を慕う子を主人公にした、いわゆる「母もの」であった。

監督したのは斎藤寅次郎。のちに「喜劇の神様」と呼ばれる人物である。松竹蒲田は、昭和三年ころから喜劇の短編をさかんに製作した。所長の城戸四郎が若手監督の育成のために活用したもので、五所平之助や小津安二郎、斎藤寅次郎、成瀬巳喜男らがそれに取り組み、彼らのなかで喜劇の才能が開花し頭角をあらわしたのが斎藤寅次郎であった。斎藤は奇抜であたらしいギャグを創案し、蒲田映画の名物といわれるまで完成度をたかめた。この「明け行く空」の映画化がきまった当初は、大久保忠素が監督する予定だったようだが（口絵写真参照）、途中から弟子の斎藤寅次郎に変更されている。

斎藤は水島の二歳年下で、このとき二十四歳。この映画の製作過程での水島と斎藤のやりとりが残っている（「柳芽ぐむ日」）。ある日の午後、水島が自宅で脚本が思うように運べずにクシャクシャしていると、斎藤から「これからすぐ会社へ来て下さい」という使いがくる。また脚本の直しかとすこし悲観しながら、水島は大急ぎで撮影所にむかう。斎藤は脚本部屋でヨタっていた。話を聞くと、思ったとおり、またラスト近くの直しだという。これで三度目の直しである。「これだけじゃまだヤマが足りないって気がするんでね、どうしてももう一つ、ヤマ場がほしいって思うんですよ」。それでラストの前に、もう一つ追っかけの場面を入れたいという注文であった。

斎藤には監督としての思いがあって、「これを単なる少女向の映画にしては、余りに作品が低下視するのではないかとの気分もし、又興行価値などの懸念から私は劇筋内容は少女向の物でも……充実した物にして、且つ一般向きの面白い映画に作るべく苦心した積りです」（「帝国館ニュース」no.11）といっている。この時期の松竹蒲田の若手監督たちは、城戸が提唱する「蒲田調」に仕上げようと、新派調にペーソスや喜劇の要素を盛り込むことに取り組んでいたのである。「ヤマまたヤマで、まるで木曽へでも行ったようね」などと苦笑しつつ、結局水島は注文に応じるしかなかった。

こうして書き直された脚本をもとに、川田芳子と高尾光子が主役の母娘を好演。斎藤の意向を盛り込んだラストには、喜劇的な追っかけシーンが展開される。馬車が疾走する汽車を追いかける。野を駆け山を越え、追いつくはずもないのに、何故か追いついてしまう。城戸は斎藤の喜劇を、スピーディでテンポがあり、アクションの畳み込みがうまいと評価していたが、その片鱗がうかがえる。ナンセンスな展開で観客のこころをくすぐり、最後に涙を誘う。斎藤が「一般向きの面白い映画に作るべく苦心」したというように、「母もの」映画特有の親子の情愛に喜劇の要素を散りばめたこの映画は、老若男女問わず楽しめる映画に仕上がっている。

映画評論家の佐藤忠男は、「『明けゆく空』は一九二九年の長篇で、斎藤寅次郎としては珍しい、ドタバタでない心温まる作品である。…女性的なやさしい家族愛のテーマを大事にした松竹蒲田撮影所の主流の作風のよく分かる作品であり、これが完全なかたちで保存されていたことはたいへん嬉しい」（インターネット・DEGITAL MEME）とコメントしている。「母もの」映画を得意とした水島あやめの代表作のひとつとして挙げていい作品である。

ちなみに、昭和四年は映画主題歌が大流行した年であった。水島の脚本映画「明け行く空」もその一作で、この主題歌はコロンビアでレコード化して発売された。「蒲田行進曲」「山の凱歌」のあとに発行されたのが「明け行く空」で、その後も「進軍」などの話題作がつづいた。この映画の主題歌のハーモニカ楽譜（松竹キネマ楽譜出版社、昭和四年発行）もみつかっており、活動弁士佐々木亜希子とキーボード奏者永田雅代によって、当時のメロディが再現されている。

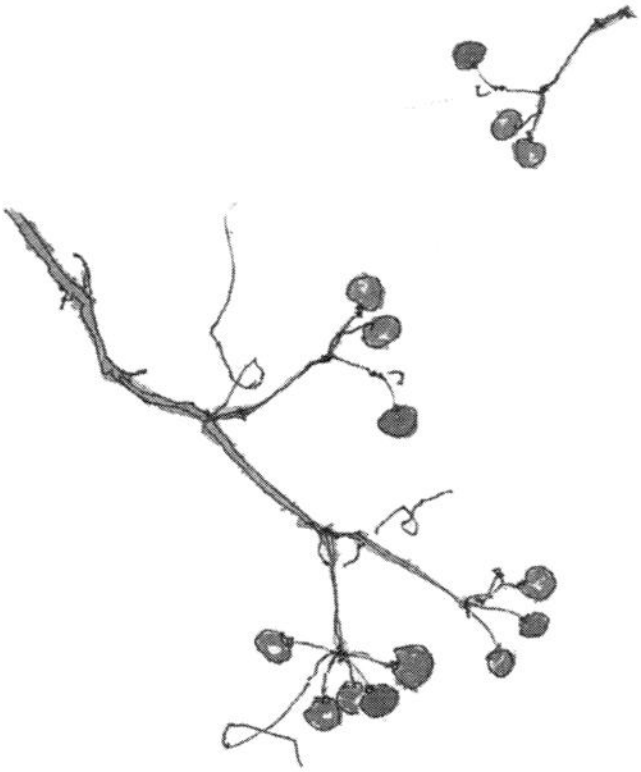

水島あやめ

・年譜
・作品一覧
・初出、および主要な参考文献

水島あやめ　年譜

明治三六年（一九〇三）〔〇歳〕
七月十七日、新潟県南魚沼郡三和村大月（現・南魚沼市大月）で、高野団之助（隆雅）、サキの一人娘として生まれる。本名は千年（ちとせ）。

明治四三年（一九一〇）〔七歳〕
四月、大月小学校に入学。
本が大好きな少女で、父の買い与える絵本や雑誌などを片端から読んで育つ。

大正五年（一九一六）〔一三歳〕
四月、六日町高等科に入学。
この頃、「少女画報」に連載された吉屋信子の「花物語」に出会い耽読。大人になったら小説家になろうという夢を抱くようになる。

大正六年（一九一七）〔一四歳〕
四月、長岡高等女学校に入学。
新井石禅和尚より祝福と激励の手紙が届く。
四年間を寄宿舎で送り、生涯の友となる新田芳江と出会う。

大正一〇年（一九二一）〔一八歳〕
四月、上京し、日本女子大学師範家政科に入学。
父団之助が芸術活動の拠点に借りていた芝の寓居から大学に通う。
五月、新井石禅和尚から「女性訓」が贈られ、人生の指針となる。
六月、母サキを生家から引き取り、雑司ケ谷に家を借りて、ふたりで暮らしはじめる。

大正一二年（一九二三）〔二〇歳〕
五月、雑誌「面白倶楽部」の懸賞で、歴史短編小説「形見の繪姿」が当選、全編が掲載される。

九月一日、関東大震災。家の鴨居が落ちるなど、おおきな被害を受ける。

自立の道をもとめ、人生の進路に悩む日々を送る。

大正一三年（一九二四）〔二一歳〕
大学四年の春、小笠原映画研究所（のちの小笠原プロダクション）で、映画シナリオを学びはじめる。
八月、写真小説「街の曲」が雑誌「少年倶楽部」に採用され、初めて原稿料をもらう。この時、はじめて「水島あやめ」というペンネームを使う（以降、水島あやめと記す）。
十一月二十二日、水島が脚本した「落葉の唄」が公開される。これが、日本で最初の女性脚本家の映画作品となった。

大正一四年（一九二五）〔二二歳〕

一月、水島脚本の映画「水兵の母」の完成試写会と披露宴が、上野精養軒で開催される。元帥東郷平八郎、農相高橋是清、逓相犬養毅、海軍大将米内光正、床次竹二郎ら政界、軍部の要人が来賓として招かれた。さらに、大正天皇・皇后、皇太子も台覧。公開すると大ヒットし、国民的話題作となる。

同月二十七日、日本女子大学を卒業。

四月、松竹キネマ蒲田撮影所の脚本部に見習い所員として入る。

八月、雑誌「料理の友」の懸賞で、通俗小説「涙涸れねど」が二等当選。賞金五十円をもらう。

十月、特作映画社の設立第一回作品に、水島が学生時代に書いた脚本「極楽島の女王」の映画化が決まる。

十二月、映画「極楽島の女王」が帝国劇場で公開。

同月二十七日、人気スター・諸口十九帰朝第一回作品脚本募集に、水島原作「お坊ちゃん」が一等当選、映画化がきまる。

この年、蒲田撮影所にちかい矢口町下丸子五二七番地に引っ越す。

大正一五年／昭和元年（一九二六）〔二三歳〕
一月二十四日、「蒲田週報」紙上で、水島の蒲田撮影所脚本部への正式入社が発表される。
五月一日、水島原作の映画「お坊ちゃん」（松竹蒲田、以下同じ）が封切。大好評を博し、三週続映となる。

五月二十三日、はじめての原作脚本映画「母よ恋し」が封切。母と娘の再会と別れを描いた「母もの」で、主演の名子役高尾光子の可憐な演技が観客の涙をさそい大当たりする。こののち、高尾光子とのコンビの「お涙頂戴もの」を、数多く書かされるようになる。

同月、雑誌「サンデー毎日」五月九日号に、「わが映画界の新しい職業　女流脚本家の話」と題して水島の寄稿が掲載される。

七月、雑誌「芝居とキネマ」で、女性シナリオライターの先駆者として、日活の林義子とともに写真付きで紹介される。

九月、蒲田撮影所で大規模の組織改編が行われ、所長城戸四郎の直属となる。

九月、映画「いとしの我子」（原作）が封切。

十一月、映画「曲馬団の少女」（原作脚本）が公開。

十二月、映画「愚かなる母」（原作脚本）が公開。

昭和二年（一九二七）〔二四歳〕

一月、はじめての恋愛喜劇「恋愛混戦」（原作脚本）が公開される。

七月、雑誌「料理の友」で、通俗小説「目無千鳥」の連載開始。

八月、映画「木曽心中」（原作脚本）が公開。

九月、映画「孤児」（原作脚本）公開。監督大久保忠素、原作脚本水島あやめ、主演高尾光子のトリオで製作された第一作。以後、「オミタ・トリオ」と呼ばれ、人気を博す。

十月、新潟県長岡市で長岡高等女学校のクラス会が催される。人気女性シナリオライターの来訪を聞きつけて、新潟市から母娘が弟子入りのお願いに来る。

十二月、映画「天使の罪」（原作脚本）公開。

昭和三年（一九二八）〔二五歳〕

一月、日本女子大学機関紙「家庭週報」に、一面を割いて水島の実績と近況を掲載。「私達桜楓会員の非常な喜び」と紹介される。

二月、映画「故郷の空」（原作脚本）が公開。

五月、映画「鉄の処女」（原作脚本）が公開。

六月、映画「神への道」（原作脚本）が公開。

七月、吉屋信子の小説を原作とした文芸作品「空の彼方へ」（脚本）が公開。この映画化で、水島は吉屋と初めて出会う。気が合ったふたりは、その後何度も会ったり出かけたりするようになる。

八月、映画「妻君廃業」（原作脚本）が公開。

九月、映画「をとめ心」（原作脚本）が公開。

十二月、映画「美しき朋輩たち」（脚本）が公開。

昭和四年〔一九二九〕〔二六歳〕

五月、映画「明け行く空」（脚本）が公開。

八月、映画「親」（脚本）が公開。

同月、雑誌「サンデー毎日」の特集「女性作家号」で、注目の女性文筆家のひとりとして紹介される。

十月、雑誌「女人芸術」の特集「新人小説号」に紹介される。

昭和五年〔一九三〇〕〔二七歳〕

二月、喜劇「現代奥様気質」（原作脚本）が公開。

二月、映画「純情」（原作脚本）が公開。

七月、映画「モダン奥様」（原作脚本）が公開。

十月、父団之助（隆雅）、東京下谷車坂の寓居で死去。享年六十八歳。

昭和六年〔一九三一〕〔二八歳〕

二月、映画「美しき愛」（原作脚本）が公開。

六月、吉屋信子原作の映画化第二弾「暴風雨の薔薇」（野田高梧との共同脚本）が公開される。
※六月、満州事変、勃発する。
※この年八月に公開された「マダムと女房」（監督五所平之助）で、日本映画のトーキー化が本格化する。

昭和七年〔一九三二〕〔二九歳〕

三月、映画「青空に泣く」（原作脚本）が公開。

八月、映画「輝け日本の女性」（原作）が公開。ロサンゼルス・オリンピックを題材にした際物映画。

昭和八年〔一九三三〕〔三〇歳〕

十月、吉屋信子原作の映画化第三弾「女人哀楽」（脚本）が公開。

この頃、大森区久が原六丁目八六三番地に居を構える。

昭和一〇年（一九三五）〔三二歳〕

一月、映画「接吻十字路」（脚本）が公開。

三月、松竹蒲田脚本部を退社する。

以後、少女時代からの夢だった小説家に転じる。

五月、映画「輝け少年日本」（脚本）が公開。皇太子殿下（現在の上皇陛下）降誕奉祝記念映画。水島の映画作品のなかで唯一のトーキーで、松竹蒲田での最後の映画作品となる。

同月、雑誌「少年倶楽部」に、少年小説「山の勇者」が掲載。小説家として、新たな人生を歩みはじめる。

この年、同誌に「故郷の歌」（七月号）、「美しき勝利」（九月号）、「高原の秋」（十一月号）が掲載される。

六月、雑誌「婦人子供報知」（報知新聞社）に、家庭小説「姿なき母」が掲載。以後、同誌に「母の紅提灯」（七月号）、「落葉は哀し」（九月号）が掲載される。

七月、「家なき児」（マロー原作）が「少女倶楽部」の付録本になる。

昭和一一年（一九三六）〔三三歳〕

この年から、雑誌「少女倶楽部」が主な作品の発表舞台となる。

一月、「少女倶楽部」で、写真物語「愛の翼」の連載がスタートする（全六回）。

三月、「小公子」（バーネット原作）が「少女倶楽部」の付録本になる。

四月、水島脚本映画「雪晴れ」（電通活動写真部）が学校巡回を開始する。

七月、名婦物語「春日局」が、「少女倶楽部」の付録本となる。

十月、「少女倶楽部」に少女小説「母の面影」が掲載。同号には、吉屋信子も「毬子」を連載しており、ふたりは少女小説作家として同じ舞台に立つ。

十一月、「小公女」（バーネット原作）が「少女倶楽部」の付録本となる。

同月二十二日、児童文学者S氏と結婚。

昭和一二年（一九三七）〔三四歳〕

一月、「少女倶楽部」で「物知り小枝ちゃん」の連載（全十二回）がスタート。

二月、同誌で「白衣の天使ナイチンゲール」が付録本となる。

五月、「大阪城の花　木村重成」が「少女倶楽部」の付録本になる。

この年、「少女倶楽部」だけで、一年間に二十回（付録本、連載を含む）も作品が掲載されるという売っ子作家であった。
※七月、日中戦争が始まる。

昭和一三年（一九三八）〈三五歳〉

この年から、「講談社の絵本」からの原稿依頼がくるようになる。以後、昭和十七年までに三十作以上の作品を書く。

昭和一四年（一九三九）〈三六歳〉

四月、「少年文学作家画家協会」（会長加藤武雄、幹事長池田宣政）が発足。水島は劇映画部委員として参加する。

五月、「少女倶楽部」に、名婦物語の第一弾「吉田松陰の母」が掲載される。

以後、昭和十六年までに、「奥村五百子」「乃木静子」「勤王の母 松尾多勢子」「井上伝女」「戦場に摘む嫁菜」「ナポレオンの妻」が採用される。

七月、「小公女」（バーネット原作）と「家なき娘」（マロー原作）が講談社の世界名作物語として刊行される。
※この年の五月、満ソ国境でノモンハン事件が勃発し、また九月にはナチス・ドイツがポーランドに侵攻。第二次世界大戦の火蓋が切られる。

昭和一五年（一九四〇）〈三七歳〉

三月十六日、S氏と協議離婚する。三年半という短い結婚生活だった。

十二月、はじめての少女小説の創作集「友情の小径」（文昭社）が刊行される。

昭和一六年（一九四一）〈三八歳〉

六月、少女小説集「櫻咲く日」（壮年社）が刊行される。
※十二月、太平洋戦争が始まる。

昭和一七年（一九四二）〈三九歳〉

二月、「少女倶楽部」に、「櫻花の心」が掲載。

六月、同誌に「日の丸かざして」が掲載。

九月、同誌に「御民なれば」掲載。

この頃、同誌に、銃後を守る女性たちを取材した記事が掲載される。

昭和一八年（一九四三）〔四〇歳〕

四月、少女小説「美しい道」（壮年社）が刊行される。

昭和一九年（一九四四）〔四一歳〕

※十一月二十四日、東京大空襲始まる。

昭和二〇年（一九四五）〔四二歳〕

※三月十日、東京大空襲。
四月、空襲で、水島の家の周囲も一面延焼。故郷六日町への疎開を決意する。

五月十日、新潟から迎えにきた甥高野隆太郎、姪太田千枝とともに故郷六日町に疎開する。

疎開した水島母娘は、いったん大月の生家に身を寄せたあと、母サキの実家である和泉屋が所有する六日町伊勢町の家に移り住む。

八月十五日、太平洋戦争終戦。和泉屋で玉音放送を聞く。

昭和二一年（一九四六）〔四三歳〕

六日町のローカル紙「魚沼新報」が復刊。水島は「すこしでも紙面が賑やかになるように」と、自ら寄稿を買って出る。以後、昭和三十年までに六十点以上を寄稿する。

十一月、講談社の少国民名作文庫として「小公女」（バーネット原作）が刊行される。

十二月、「家なき少女」（マロー原作・偕成社）刊行。

この年、戦後出版ブームが始まり、水島のもとに東京の出版社から原稿依頼が殺到する。

昭和二二年（一九四七）〔四四歳〕

一月、「魚沼新報」で、「映画スターの思い出」（全五回）の連載を始める。

五月、同紙に「新憲法と私たち」を掲載。

七月、「友情の小径」（偕成社）、「雪の女王」（アンデルセン原作・妙義出版社）が刊行される。

八月、「キュリー夫人」（講談社）刊行される。

九月、「アルプスの山の少女」（スピリ原作・文化書院）が刊行される。

昭和二三年（一九四八）〈四五歳〉

一月、「魚沼新報」に、「女性よ太陽たれ」を掲載。

五月、「白菊散りぬ」（偕成社）、「愛の翼」（妙義出版社）刊行。

六月、「魚沼新報」で、「映画の話」（全十一回）の連載開始。

九月、「久遠の夢」（偕成社）刊行。

十一月、「秋風の曲」（妙義出版社）刊行。

この頃、六日町から自治警察の公安委員、家庭裁判所の離婚調停員を委嘱される。

昭和二四年（一九四九）〈四六歳〉

三月、「母への花束」（偕成社）、「乙女椿」（ポプラ社）、「愛の花々」（雲雀社）、「みなし児」（ジッケンス原作、「少女」付録本、光文社）刊行。

四月、「嘆きの花嫁人形」（妙義出版社）刊行。

七月、「あこがれの星」（妙義出版社）刊行。

十月、「小さき明星」（三和社）刊行。

十一月、「古城の夢」（ポプラ社）刊行。

この頃、戦後出版ブームの頂点が訪れ、水島作品も、各社からつぎつぎに発刊される。

昭和二五年（一九五〇）〈四七歳〉

一月、「野菊の唄」（三和社）刊行。

五月、「少女の友」に「逝く春」が掲載される。この年以降、「少女の友」「少女サロン」「少女クラブ」「幼年クラブ」などに短編がたびたび掲載される。

七月、「小公女」（バーネット原作・講談社）刊行。

九月、「アルプスの少女」（スピリ原作・偕成社）が刊行される。

昭和二六年（一九五一）〈四八歳〉

四月、「家なき娘」（マロー原作・講談社）刊行。

十月、「形見の舞扇」（ポプラ社）刊行。

昭和二七年（一九五二）〈四九歳〉

三月、「忘れじの丘」（ポプラ社）刊行。

昭和二八年（一九五三）〔五〇歳〕

一月、「少女サロン」で、「花散る窓」の連載開始。

十月、「涙の円舞曲」（ポプラ社）刊行。

十二月、「野菊の唄」（ポプラ社）刊行。

昭和二九年（一九五四）〔五一歳〕

二月、「嘆きの子鳩」（偕成社）刊行。

四月、「あこがれの星」（ポプラ社）、「乙女の小径」（偕成社）刊行。

九月、「花の友情」（ポプラ社）刊行。

昭和三〇年（一九五五）〔五二歳〕

五月、「秋草の道」（ポプラ社）刊行。

六月、湘南の片瀬海岸に移り住む。

昭和三三年（一九五八）〔五五歳〕

八月十一日から十五日まで、水島訳「家なき娘」（マロー原作）がＮＨＫラジオ第一放送の午後の番組「お茶のひととき」（月曜～金曜）で五回にわたって放送される。

八月二十九日、三十年間寝たきりだった母サキが死去。享年八十一歳。

水島は、長年の疲れが出て体調を崩し、ペンを置く。

以後数年間は休養に専念する。

昭和四二年（一九六七）〔六四歳〕

三月、湘南をはなれ、高女、大学時代の親友小島（旧姓新田）芳江宅（新宿区中落合）の敷地内のはなれに移り住む。

昭和四七年（一九七二）〔六九歳〕

十月、回想録「金城山のふもとで―私のわらべうた―」（上村印刷所）を自家出版する。

昭和四八年（一九七三）〔七〇歳〕

五月、六日町の名誉町民に推挙されるも辞退する。

同月、千葉県柏市の有料老人ホーム、ボンノールガーデンやわた苑に入居する。

昭和五四年（一九七九）〔七六歳〕

十二月、「新潟日報」で「雪の山里の冬ごもり」（全四回）が掲載される。

以後、「新潟日報」「魚沼文化」「山野草の会会報」などにさまざまな随筆随想を寄稿する。

平成元年（一九八九）〔八六歳〕

九月、「山野草の会会報」に、随筆「思い出の山野草」第五回を寄稿。これが最後の原稿となる。

平成二年（一九九〇）〔八七歳〕

十二月三十一日、老人ホーム、ボンノールガーデンやわた苑にて永眠。八十七年の生涯を閉じる。

戒名は「文月院穆真雅璋大姉」。

六日町・極楽寺の墓地で、母サキとともに眠る。

水島あやめ　作品一覧

〔映画作品〕

●大正十三年（1924）

「落葉の唄」（小笠原プロダクション）
監督／小笠原明峰　原作／國本輝堂　脚本／水島あやめ　出演／河井八千代、沢栄子、北島貞子、児島武彦、島静二、龍田静枝　封切／十一月二十二日　少女哀話　五巻　サイレント

●大正十四年（1925）

「水兵の母」（小笠原プロダクション）
監督／小笠原明峰　原作／小笠原長生　脚本／水島あやめ　出演／島静二、東勇路、沢栄子、村田宏　封切／三月五日　教訓劇　六巻　サイレント

「極楽島の女王」（特作映画社）
監督／小笠原明峰　原案／小笠原明峰　脚本／水島あやめ　出演／高島愛子、内田吐夢、栗原トーマス、小桜葉子、白川珠子　封切／十二月二十六日　冒険活劇　十巻　サイレント

●大正十五／昭和元年（1926）

「お坊ちゃん」（松竹蒲田）
監督／島津保次郎、蔦見丈夫、五所平之助　原作／水島あやめ　脚本／吉田百助、島津保次郎　出演／諸口十九、岩田祐吉、渡辺篤、筑波雪子、英百合子、田中絹代ほか松竹蒲田オールキャスティング　封切／五月一日　社会喜劇　十五巻　サイレント

「母よ恋し」（松竹蒲田）
監督／五所平之助　原作／水島あやめ　脚本／水島あやめ　出演／新井淳、八雲恵美子、藤田陽子、高尾光子　封切／五月二十三日　母もの　六巻　サイレント

「いとしの我子」（松竹蒲田）
監督／五所平之助　原作／水島あやめ　脚本／五所平之助　出演／高尾光子、小桜葉子、河村黎吉、小藤田

正一　封切／九月二十一日　母もの　六巻　サイレント

「曲馬団の少女」（松竹蒲田）
監督／鈴木重吉、斎藤寅次郎　原作／水島あやめ　脚本／水島あやめ　出演／藤田陽子、小桜葉子、岡田宗太郎、八雲恵美子　封切／十一月六日　少女哀話　六巻　サイレント

「愚かなる母」（松竹蒲田）
監督／池田義信　原作／水島あやめ　脚本／水島あやめ　出演／小桜葉子、東栄子、島田嘉吉、新井淳、岡村文子　封切／十二月一日　母もの　九巻　サイレント

●昭和二年（1927）

「恋愛混戦」（松竹蒲田）
監督／島津保次郎　原作／水島あやめ　脚本／水島あやめ　出演／筑波雪子、奈良真養、飯田蝶子、新井淳
封切／一月五日　恋愛喜劇　七巻　サイレント

「木曽心中」（松竹蒲田）
監督／吉野二郎　原作／水島あやめ　脚本／水島あやめ　出演／川田芳子、田中絹代、堀田金星、尾上梅助
封切／八月二十六日　時代劇　六巻　サイレント

「孤児」（松竹蒲田）
監督／大久保忠素　原作／水島あやめ　脚本／水島あやめ　出演／高尾光子、飯田蝶子、奈良真養、小桜葉子、吉川満子　封切／九月三十日　少女哀話　七巻
サイレント

「天使の罪」（松竹蒲田）
監督／大久保忠素　原作／水島あやめ　脚本／水島あやめ　出演／高尾光子、藤田陽子、小桜葉子、吉川満子　封切／十二月十五日　少女哀話　七巻　サイレント

●昭和三年（1928）

「故郷の空」（松竹蒲田）
監督／大久保忠素　原作／水島あやめ　脚本／水島あやめ　出演／高尾光子、小藤田正一、野寺正一、吉川満子　封切／二月十八日　少女哀話　七巻　サイレント

「鉄の処女」（松竹蒲田）

監督／大久保忠素　原作／水島あやめ　脚本／水島あやめ　出演／松井千枝子、田中絹代、結城一朗、鈴木歌子　封切／五月二十五日　恋愛もの　八巻　サイレント

「神への道」（松竹蒲田）

監督／五所平之助　原作／水島あやめ　脚本／水島あやめ　出演／高尾光子、河原侃三、林千歳、吉川満子、結城一朗　封切／六月八日　少女哀話　八巻　サイレント

「空の彼方へ」（松竹蒲田）

監督／蔦見丈夫　原作／吉屋信子　脚本／水島あやめ　出演／川田芳子、柳さく子、高尾光子、結城一朗、河原侃三　封切／七月七日　文芸作品　七巻

「妻君廃業」（松竹蒲田）

監督／大久保忠素　原作／水島あやめ　脚本／水島あやめ　出演／坂本武、飯田蝶子、吉川英蘭、岡村文子、斎藤達雄　封切／八月十七日　喜劇　五巻

「をとめ心」（松竹蒲田）

監督／大久保忠素　原作／水島あやめ　脚本／水島あやめ　出演／高尾光子、野寺正一、吉川満子、藤田陽子　封切／九月十四日　少女哀話　五巻　サイレント

「美しき朋輩たち」（松竹蒲田）

監督／清水宏　原作／壁静　脚本／水島あやめ　出演／小藤田正一、久良形真、日守新一、藤田陽子、藤田房子、高尾光子　封切／十二月二十日　児童映画　六巻　サイレント

●昭和四年（1929）

「明け行く空」（松竹蒲田）

監督／斎藤寅次郎　原作／新井睦子　脚本／水島あやめ　出演／川田芳子、高尾光子、河村黎吉、小藤田正一、二葉かほる　封切／五月二十五日　母もの　六巻　サイレント

「親」（松竹蒲田）

監督／清水宏　原作／簡易保険局　脚本／水島あやめ　出演／新井淳、高松栄子、高尾光子、水島亮太郎　封切／八月一日　宣伝映画　四巻　サイレント

●昭和五年（1930）

「現代奥様気質」（松竹蒲田）

監督／重宗務　原作／水島あやめ　脚本／水島あやめ　出演／島田嘉七、柳さく子、飯田蝶子、高松栄子　封切／二月一日　喜劇　五巻　サイレント

「純情」（松竹蒲田）
監督／成瀬巳喜男　原作／水島あやめ　脚本／水島あやめ　出演／高尾光子、小藤田正一、武田春郎、高松栄子　封切／二月十四日　教育劇　五巻　サイレント

「モダン奥様」（松竹蒲田）
監督／重宗務　原作／水島あやめ　脚本／水島あやめ　出演／渡辺篤、飯田蝶子、岡村文子、島田嘉七、横尾泥海男　封切／七月二十日　風刺劇　六巻　サイレント

●昭和六年（1931）

「美しき愛」（松竹蒲田）
監督／西尾佳雄　原作／水島あやめ　脚本／水島あやめ　出演／高尾光子、藤田陽子、河村黎吉、吉川満子、高峰秀子　封切／二月十五日　教訓劇　四巻　サイレント

「暴風雨の薔薇」（松竹蒲田）
監督／野村芳亭、原作／吉屋信子　脚本／野田高梧、水島あやめ　出演／八雲恵美子、奈良真養、突貫小僧、結城一朗、高峰秀子、藤野秀夫　封切／六月十九日　文芸作品　十二巻　サイレント

●昭和七年（1932）

「青空に泣く」（松竹蒲田）
監督／成瀬巳喜男　原作／水島あやめ　脚本／水島あやめ　出演／菅原英雄、高尾光子、青木富夫、野寺正一　封切／三月十日　姉弟哀話　四巻　サイレント

「輝け日本の女性」（松竹蒲田）
監督／野村浩将　原作／水島あやめ　脚本／水島あやめ・野田高梧　出演／田中絹代、武田春郎、小藤田正一、水久保澄子、岩田祐吉　封切／八月十二日　ロスアンゼルス・オリンピックの際物映画　七巻　サイレント

●昭和八年（1933）

「女人哀楽」（松竹蒲田）
監督／佐々木恒次郎　原作／吉屋信子　脚本／水島あ

やめ　出演／坪内美子、武田春郎、新井淳、吉川満子、竹内良一　封切／十月十二日　文芸作品　十巻　サイレント

●昭和十年（1935）

「接吻十字路」（松竹蒲田）

監督／佐々木恒次郎　原作／畑耕一　脚本／水島あやめ　出演／岡田嘉子、高杉早苗、江川宇礼雄、藤野秀夫、龍田静枝　封切／一月二十七日　恋愛もの　十一巻　サウンド版

「輝け少年日本」（松竹蒲田）

監督／佐々木恒次郎、佐々木康　原作／櫛田直人　脚本／水島あやめ　出演／加藤清一、藤波正太郎、藤野秀夫、岩田祐吉、突貫小僧　封切／五月二十四日　皇太子誕生奉祝記念映画　七巻　オールトーキー

●昭和十一年（1936）

「雪晴れ」（電通活動写真部）

監督／浅野登　原作／伊藤浩　脚本／水島あやめ　出演／豊田憲太郎、飛田喜美雄、片岡千代子、青木虎夫、服部宗太郎　封切／四月　学校巡回映画　三巻　サイレント

〔小説作品〜単行本・付録本〜〕

＊出版社が異なる場合、同タイトルであっても掲載する。

●昭和十年（1935）

「家なき児」（付録本）

原作／マロー　訳／水島あやめ　発行／大日本雄辯会講談社、「少女倶楽部」七月号付録　ジャンル／海外名作　発行日／七月一日

●昭和十一年（1936）

「小公子」（付録本）

原作／バーネット　訳／水島あやめ　発行／大日本雄辯会講談社、「少女倶楽部」三月号付録　ジャンル／海外名作　発行日／三月一日

「春日局」（付録本）

著者／水島あやめ　発行／大日本雄辯会講談社、「少

女倶楽部」七月号付録　ジャンル／人物伝　発行日／七月一日

「小公女」（付録本）

原作／バーネット　訳／水島あやめ　発行／大日本雄辯会講談社、「少女倶楽部」十一月号付録　ジャンル／海外名作　発行日／十一月一日

●昭和十二年（1937）

「白衣の天使　ナイチンゲール」（付録本）

著者／水島あやめ　発行／大日本雄辯会講談社、「少女倶楽部」十一月号付録　ジャンル／海外人物伝　発行日／二月一日

「大阪城の花　木村重成」（付録本）

著者／水島あやめ　発行／大日本雄辯会講談社、「少女倶楽部」五月号付録　ジャンル／人物伝　発行日／五月一日

●昭和十四年（1939）

「小公女」（単行本）

原作／バーネット　訳／水島あやめ　発行／大日本雄辯会講談社、世界名作物語シリーズ　ジャンル／海外名作　発行日／七月三十日

つづいて、「家なき娘」（マロー原作）も刊行される。

●昭和十五年（1940）

「友情の小径」（単行本）

著者／水島あやめ　発行／文昭社、ジャンル／少女小説　発行日／十二月二十二日

●昭和十六年（1941）

「櫻咲く日」（単行本）

著者／水島あやめ　発行／壮年社、ジャンル／少女小説　発行日／六月二十五日

●昭和十八年（1943）

「美しい道」（単行本）

著者／水島あやめ　発行／壮年社、ジャンル／少女小説　発行日／四月三十日

●昭和二十一年（1946）

「小公女」（単行本）
原作／バーネット　訳／水島あやめ　発行／大日本雄辯会講談社、少国民名作文庫　ジャンル／海外名作
発行日／十一月十五日
「家なき少女」（単行本）
原作／マロー　訳／水島あやめ　発行／偕成社　ジャンル／海外名作　発行日／十二月二十五日

●昭和二十二年（1947）
「友情の小径」（単行本）
著者／水島あやめ　発行／偕成社　ジャンル／少女小説　発行日／七月八日
「雪の女王」（単行本）
原作／アンデルセン　訳／水島あやめ　発行／妙義出版社、童話文庫　ジャンル／海外名作　発行日／七月一日
「キュリー夫人」（単行本）
著者／水島あやめ　発行／大日本雄辯会講談社、少女のための傳記　ジャンル／海外人物伝　発行日／八月十日

「アルプスの山の少女」（単行本）
原作／スピリ　訳／水島あやめ　発行／文化書院　ジャンル／海外名作　発行日／九月二十日

●昭和二十三年（1948）
「愛の翼」（単行本）
著者／水島あやめ　発行／妙義出版社　ジャンル／少女小説　発行日／五月一日
「白菊散りぬ」（単行本）
著者／水島あやめ　発行／偕成社　ジャンル／少女小説　発行日／五月十日
「久遠の夢」（単行本）
著者／水島あやめ　発行／偕成社　ジャンル／少女小説　発行日／九月二十日
「秋風の曲」（単行本）
著者／水島あやめ　発行／妙義出版社　ジャンル／少女小説　発行日／十一月一日

●昭和二十四年（1949）
「みなし児」（付録本）

原作／ジッケンス　訳／水島あやめ　発行／光文社、「少女」三月号付録　ジャンル／海外名作　発行日／三月一日

「母への花束」（単行本）
著者／水島あやめ　発行／偕成社　ジャンル／少女小説　発行日／三月十五日

「乙女椿」（単行本）
著者／水島あやめ　発行／ポプラ社　ジャンル／少女小説　発行日／三月十五日

「愛の花々」（単行本）
著者／水島あやめ　発行／雲雀社　ジャンル／少女小説　発行日／三月二十日

「嘆きの花嫁人形」（単行本）
著者／水島あやめ　発行／妙義出版社　ジャンル／少女小説　発行日／四月十五日

「あこがれの星」（単行本）
著者／水島あやめ　発行／妙義出版社　ジャンル／少女小説　発行日／七月十五日

「小さき明星」（単行本）
著者／水島あやめ　発行／三和社　ジャンル／少女小説　発行日／十月一日

「古城の夢」（単行本）
著者／水島あやめ　発行／ポプラ社　ジャンル／少女小説　発行日／十一月三十日

●昭和二十五年（１９５０）

「野菊の唄」（単行本）
著者／水島あやめ　発行／三和社　ジャンル／少女小説　発行日／一月十五日

「小公女」（単行本）
原作／バーネット　訳／水島あやめ　発行／大日本雄辯会講談社、世界名作全集７　ジャンル／海外名作　発行日／七月二十五日

「アルプスの少女」（単行本）
原作／スピリ　訳／水島あやめ　発行／偕成社、世界名作文庫　ジャンル／海外名作　発行日／九月

●昭和二十六年（１９５１）

「家なき娘」（単行本）
原作／マロー　訳／水島あやめ　発行／大日本雄辯会

講談社、世界名作全集16　ジャンル／海外名作　発行日／四月十日

「形見の舞扇」（単行本）

著者／水島あやめ　発行／ポプラ社　ジャンル／少女小説　発行日／十月三十一日

●昭和二十七年（1952）

「忘れじの丘」（単行本）

著者／水島あやめ　発行／ポプラ社　ジャンル／少女小説　発行日／三月十日

●昭和二十八年（1953）

「涙の円舞曲」（単行本）

著者／水島あやめ　発行／ポプラ社　ジャンル／少女小説　発行日／十月五日

「野菊の唄」（単行本）

著者／水島あやめ　発行／ポプラ社　ジャンル／少女小説　発行日／十二月十五日

●昭和二十九年（1954）

「嘆きの子鳩」（単行本）

著者／水島あやめ　発行／偕成社　ジャンル／少女小説　発行日／二月二十日

「乙女の小径」（単行本）

著者／水島あやめ　発行／偕成社　ジャンル／少女小説　発行日／四月

「あこがれの星」（単行本）

著者／水島あやめ　発行／ポプラ社　ジャンル／少女小説　発行日／四月二十五日

「花の友情」（単行本）

著者／水島あやめ　発行／ポプラ社　ジャンル／少女小説　発行日／九月十五日

●昭和三十年（1955）

「秋草の道」（単行本）

著者／水島あやめ　発行／ポプラ社　ジャンル／少女小説　発行日／五月二十日

●昭和四十七年（1972）

「金城山のふもとで—私のわらべうた—」（単行本）

著者／水島あやめ　発行／上村印刷所（自家出版）

ジャンル／回想録　発行日／十月十日

初出、および主な参考文献（順不同）

本書は、月刊「シナリオ」（(社)日本シナリオ作家協会・二〇〇六年九月号〜二〇〇七年十二月号）発表の「日本初の女性脚本家　水島あやめ伝　〜日本映画の第一期黄金期に生きた十二年の軌跡〜」と、「魚沼新報」（魚沼新報社・二〇〇七年十二月十四日号〜二〇〇八年八月十五日号）発表の「少女小説作家・水島あやめ　〜夢と希望、憧れと思いやりを贈りつづけて〜」を補遺し改稿したものであり、次の諸資料等を参考にさせていただきました。

「六日町誌」（町村合併前）昭和五十一年九月二十五日発行、編集発行・六日町誌編集委員会
「越後・魚沼人の暮らしの足跡」磯部定治著、野島出版、昭和六十一年十二月二十日発行
「新潟県史　通史編7　近代二」新潟県、昭和六十三年三月三十一日発行
「岩波講座　日本通史　近代3」江口圭一他執筆、岩波書店、一九九四年七月二十八日発行
「新井石禅全集」第十二巻、祥雲晩成著、新井石禅全集刊行会、昭和五年十二月十五日発行
「小笠原長生全集」第五巻、小笠原長生著、平凡社、昭和十一年十二月二十三日発行
「女学校と女学生　教養・たしなみ・モダン文化」稲垣恭子著、中央公論新社、二〇〇七年二月二十五日発行
「青鞜の時代—平塚らいてうと新しい女たち—」堀場清子著、岩波書店、一九八八年三月二十二日発行
「日本女子大学桂華寮」林えり子著、新潮社、昭和六十三年二月二十日発行
「大正大震災大火災」編纂発行・大日本雄辯会講談社、大正十二年十月一日発行
「関東大震災」吉村昭著、文芸春秋、一九九四年二月十五日発行（第十七刷）
「一億人の昭和史11　昭和への道程—大正」毎日新聞社、一九八一年十一月三十日発行（第十二刷）

「大正デモクラシー　シリーズ日本近現代史④」成田龍一著、岩波書店、二〇一三年七月十六日発行（第十刷）
「別冊太陽　乱歩の時代　昭和エロ・グロ・ナンセンス」高橋洋二編、平凡社、一九九五年一月十二日発行
「現代のエスプリ　日本モダニズム　エロ・グロ・ナンセンス」編集・解説　南博、至文堂、昭和五十八年三月一日発行
「日本映画史素稿9　資料高松豊次郎と小笠原明峰の業績」フィルムライブラリー協議会、昭和四十九年四月刊
「大田の史話　その2」大田区史編さん委員会、東京都大田区、昭和六十三年三月発行
「日本映画傳　映画製作者の記録」城戸四郎著、文芸春秋新社、昭和三十一年九月二十日発行
「人物・松竹映画史　蒲田の時代」升本喜年著、平凡社、昭和六十二年五月十四日発行
「松竹百年史　本史・映像資料」松竹株式会社、平成八年十一月二十二日発行
「映画の小窓」六車修著、文行社、昭和三年七月十七日発行
「無声映画の完成　講座　日本映画②」岩波書店、一九八六年一月十日発行
「トーキーの時代　講座　日本映画③」岩波書店、一九八六年三月三十一日発行
「日本映画発達史Ⅰ」田中純一郎著、中央公論社、昭和三十二年二月二十日発行（再版）
「日本映画史Ⅰ」佐藤忠男著、岩波書店、一九九五年三月二十日発行
「日本シナリオ史　上」新藤兼人著、岩波書店、一九八九年十月三十一日発行
「人は大切なことも忘れてしまうから―松竹大船撮影所物語」山田太一他編、マガジンマウス、一九九五年十二月二十一日発行
「クロニック　講談社の80年」講談社八十年史編集委員会、講談社、平成二年七月二十日発行
「偕成社五十年の歩み」偕成社、一九八七年十一月三日発行
「戦中戦後出版業界史」荘司徳太郎・清水文吉著、出版ニュース社、昭和五十五年十月十三日発行

初出、および主な参考文献　（順不同）

「女人芸術の世界　長谷川時雨とその周辺」尾形明子著、ドメス出版、一九九三年九月九日発行（第二刷）
「『輝ク』の時代　長谷川時雨とその周辺」尾形明子著、ドメス出版、一九九三年九月九日発行
「東京大空襲―昭和20年3月10日の記録―」早乙女勝元著、岩波書店、一九七一年二月二十五日発行（第三刷）ほか

「長岡高等女学校同窓会報」、「家庭週報」、「桜楓新報」、「蒲田週報」、「松竹週報」、「キネマ旬報」、「芝居とキネマ」、「映画時代」、「サンデー毎日」、「映画教育」、「魚沼新報」、「魚沼文化」、「新潟日報」、「少女倶楽部」、「少年倶楽部」、「婦人倶楽部」、「幼年倶楽部」、「面白倶楽部」、「講談社の絵本」、「少女サロン」、「婦人子供報知」、「料理の友」、「婦女界」、「女人芸術」ほか

協力してくださった方々、ならびに機関（五十音順・敬称略）

太田千枝（故人）、高野恵美子、高野典夫（故人）、高野隆太郎（故人）、本多正、升本喜年（故人）
講談社、国立アーカイブス、松竹大谷図書館、文芸春秋社、毎日フォトバンク、マツダ映画社ほか

あとがき

水島あやめという存在をはじめて知ったのは、一九九二（平成四）のことだったと記憶している。亡くなって二年がたっていた。彼女についてより詳しく知りたいと思い立ち、彼女に関する文献を探してみたが、児童文学事典などの作家欄に、簡単にまとめられているものしか見当たらなかった。日本初の女性脚本家として、また少女小説作家として人気を博し、全国的に活躍をした女性作家だったのにである。その時以来、彼女の生涯と作品をまとめようと取り組みはじめた。ところが、激動の二十世紀を生き抜いた八十七年の人生はさすがに奥深く、厚い壁に突き当たったり隘路にはまったりと、確認作業は遅々として進まなかったが、ようやく本書を書くところまでたどりつくことができた。

書き終えて、いまあらためて水島あやめという女性の人物像を私のなかで確認してみる。

水島は、簡単に落胆することなく、地に足をつけて淡々と生き抜いた精神の強靭な人だった。彼女は、戦前において進学率一パーセント以下だった女子高等教育機関の一校の日本女子大学を卒業した高学歴者であり、全国津々浦々で愛された大衆娯楽の頂点にあって、はなばなしく活躍したあこがれの女流脚本家、少女小説作家だった。しかし、暮らしぶりと振舞いは、質素で、堅実で、つつましかった。同窓生は、彼女の印象を、おとなしい謙遜家だといい、取材でたずねた記者は、しとやかでひっこみ思案な女性にさえみえたという。

水島は高等女学校のときの国語の作文で、大好きな野菊について書いて先生にほめられた。都会の美しい令嬢のようなあかるい花壇に咲きほこるダリアよりも、田園のかたすみにつつましく咲く鄙の乙女のような野菊の花の、しおらしくも可憐なおもむきがすきだと書いた（「野菊の唄」ポプラ社）。水島は、人目につく派手さを好まなかった。そして、それは死ぬまで変わることはなかった。

かといって、水島は弱々しい女性ではなかった。小学校の六年間はイジメを受けつづけたが、それでこころが曲がることもなかったし、松竹蒲田脚本部では、辛辣な女性蔑視のあつかいをうけても屈することはなかった。関東大震災と東京大空襲も、家長として母のそばに寄り添って生き抜き、ペン一本で夢をひとつひとつ実現していった。それは、三メートルの積雪の重みに半年を耐え忍んで折れることがなく、春に雪が融ければ、ふたたび立ち上がって青く芽吹く川柳《かわやなぎ》のようなしなやかな強さだった。

また水島は、どこか自分自身を俯瞰しているような余裕を感じさせる。少女時代に葉をはむ虫のように物語や雑誌を読みあさり、高等女学校や大学で誠実に勉学に励んだことから、自分や社会を客観的にみる視座を身につけたように思う。新井石禅禅師の手紙や女性訓も、真理追求の道標としておおきな意味をもった。これらによってやしなわれた客観的な視点が、さまざまな毀誉褒貶にも、くさらず、有頂天にもならず、生涯の目標をみうしなうことなく、堅実な精神を保つ基盤になっていたと想像する。水島は、みずからを客観しながら、変わらなくてはならないことと、変わってはいけないものを見極めていたのではないか。こうした観点で、彼女の生涯をたどってみると、人生の岐路に立ったときに、なぜその道を選択したかが見えてくる。

また、水島の生涯は破綻がなく、どこか自制的で地味に感じられるのも、自分の置かれている状況を俯瞰し、堅実な選択を積み重ねていったからであろう。日本の女性史に取り上げられる人物たちは、それまでの体制や価値観に対抗し、それらを打破し改革することに果敢に戦いを挑んだ。水島のあゆんだ人生は、そうした劇的な「表の女性史」とは一線を画していた。水島は衆目をあつめることに関心はうすく、他人の世話になることなく、自立して、自分が納得する人生をあゆむことに意をそそいだ。それは、ひとりひとりが自分の人生において自分自身とたたかう姿であり、組織だって戦う時代のつぎに来る時代の生き方といえるかもしれない。

水島が最晩年にとった行動もまた、自分の「死」さえ客観していたことを証している。それを端的にしめすのが、死期を直前にして、身の回りの品々をまとめた行李に「旅の支度」と書いたことであり、医師の往診を断ってみずから死地におもむいたことである。水島は、いま話題になっている「終活」を、すでに三十年前に実践していたのだ。このことからも、水島の意識は、先の時代を歩いていたように思う。

彼女のさめた意識は、自分の生涯さえも物語ととらえていたような気がする。その意味では、水島あやめは、徹頭徹尾、物語作家だったといっていい。

自らの「死」さえ客観できるほどの彼女の余裕は、どこからきているのだろうか。読書と学問の意義深さは、この自分を客観する冷静な視点を自らのなかに醸成し、逆境や人生の岐路において自己責任で進む道を選ぶ決断力と実行力をやしなうことにあるとすれば、外的な評価に翻弄される傾向がつよい現代社会において、いまいちど質の高い読書と学問が見直されるべきなのかもしれない。水島あやめという女性の生涯は、そんなことを問題提起してくれているのではないかと、あらためて思っている。

最後に、私のつたない原稿にご指導くださった日野多香子先生と、高野隆太郎氏（故人）、高野典夫氏（故人）、高野恵美子氏をはじめとして、貴重な写真や遺品、資料の提供とエピソードをお聞かせくださった皆さまに、こころからお礼を申し上げます。

二〇一九（令和元）年　秋

因幡純雄

著者：因幡　純雄（いなば　すみお）

1955年、新潟県生まれ。

1992年、会社勤務のかたわら、水島あやめの調査研究を始める。

2003年、水島あやめ生誕百周年記念事業実行委員会を結成し、講演会・映画上映会・パネル展を実施。水島の生涯と業績を記念誌「ちとせ輝く」にまとめる（企画・編集・文責）。

2006年、月刊「シナリオ」(社)日本シナリオ作家協会）に「日本初の女性脚本家　水島あやめ伝」を連載（同年9月号～翌年12月号・16回）。

2007年、週刊「魚沼新報」（魚沼新報社）に「少女小説作家・水島あやめ」を連載（同年12月～翌年8月・33回）

2016年、BSN新潟放送「にいがた偉人伝」で、水島あやめの生涯と業績が放送される。

「Tenの会」同人。

NDC 914　神奈川　銀の鈴社　2019　264頁　18.8cm（水島あやめの生涯）

銀鈴叢書
日本初の女流脚本家・少女小説作家
水島あやめの生涯

2019年10月1日初版発行
本体2,800円＋税

著　者　因幡純雄©
発行者　柴崎聡・西野真由美
編集発行　㈱銀の鈴社　TEL 0467-61-1930　FAX 0467-61-1931
〒248-0017　神奈川県鎌倉市佐助1-10-22 佐助庵
https://www.ginsuzu.com
E-mail info@ginsuzu.com

ISBN978-4-86618-081-6 C0095
落丁・乱丁本はお取り替え致します

印　刷　電算印刷
製　本　渋谷文泉閣